tinha tudo para dar errado

tinha tudo para dar errado

G. B. BALDASSARI

Diretor-presidente:
Jorge Yunes
Gerente editorial:
Claudio Varela
Editora:
Ivânia Valim
Assistentes editoriais:
Fernando Gregório e
Vitória Galindo
Suporte editorial:
Nádila Sousa
Gerente de marketing:
Renata Bueno
Analistas de marketing:
Anna Nery e Daniel Oliveira
Direitos autorais:
Leila Andrade
Coordenadora comercial:
Vivian Pessoa
Preparação de texto:
Rebeca Benjamim

1ª edição — São Paulo

Revisão:
Isadora Theodoro Rodrigues
Allane Maria
Capa e ilustração:
Mary Cagnin (@marycagnin)
Projeto gráfico e diagramação:
Karina Pamplona e Amanda Tupiná

DADOS INTERNACIONAIS DE CATALOGAÇÃO NA PUBLICAÇÃO (CIP) DE ACORDO COM ISBD

B175t Baldassari, G. B.

Tinha tudo para dar errado / G. B. Baldassari. - São Paulo: Editora Nacional, 2024.
224 p. : il. ; 14 cm x 21 cm

ISBN: 978-65-5881-222-7

1. Literatura brasileira. 2. Romance. 3. Young Adult 4. Comédia romântica I. Título.

2024-1872 CDD 869.89923
CDU 821.134.3(81)-31

Elaborado por Odilio Hilario Moreira Junior - CRB-8/9949

Índices para catálogo sistemático:
1. Literatura brasileira : Romance 869.89923
2. Literatura brasileira: Romance 821.134.3(81)-31

NACIONAL

Rua Gomes de Carvalho, 1306 - 11º andar - Vila Olímpia
São Paulo - SP - 04547-005 - Brasil - Tel.: (11) 2799-7799
editoranacional.com.br - atendimento@grupoibep.com.br

Para as nossas leitoras. Vocês são a razão de tudo isso!

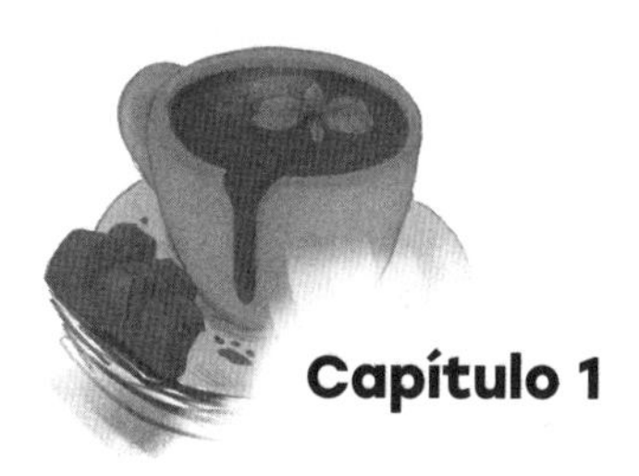

Capítulo 1

— Bom, para começar, ela é prostituta!

— O quê? De onde você tirou isso? — pergunta Eve enquanto caminhamos lado a lado pela biblioteca onde trabalhamos em direção ao café no primeiro piso.

Está começando a esfriar bastante e os primeiros sinais do outono já podem ser observados. Pelas janelas enormes do prédio histórico, é possível ver as folhas sendo carregadas pelo vento forte que sopra lá fora e, embora estejamos protegidas aqui dentro, o clima pede uma bebida quente.

— Ora, como você acha que ela faz para bancar um apartamento daquele em Nova York?

— Não sei, nunca pensei nisso...

— Pois então eu tenho algo para te contar, meu bem.

— Eu não acredito que ela é prostituta — diz Eve, assim que chegamos ao balcão do Nook, o café da biblioteca.

— De quem estão falando? — pergunta Raj, o barista.

— Holly Golightly — respondemos juntas.

— Ah! É, ela é prostituta! — concorda ele.

— Você tem certeza? — Eve pergunta a Raj.

— É claro que tenho. Como você acha que ela se sustentava?

— Foi o que eu disse — falo.

— Acho que preciso rever *Bonequinha de luxo*, nunca notei isso — ela diz, parecendo desapontada, como se a personagem de Audrey Hepburn tivesse escondido algo dela ou coisa assim. — Um cappuccino.

Raj apenas sorri antes de assentir com a cabeça.

— E pra você, Annie? — pergunta ele.

— O de sempre — respondo.

— Um chocolate quente com menta e um cappuccino saindo.

— Você precisa ler o livro — digo para Eve assim que Raj se vira. — É um absurdo você trabalhar em uma biblioteca e nunca ter lido *Bonequinha de luxo*.

— Mas é que eu já vi o filme muitas vezes.

— E mesmo assim nunca notou que Holly era prostituta? — comenta Raj, embora esteja de costas para nós, preparando nossas bebidas.

— E daí que você viu o filme? — pergunto.

— Ué... eu já conheço a história!

— Mais ou menos, né? — provoca Raj mais uma vez.

— Eve, nós assistimos a *Adoráveis mulheres* semana passada na sua casa e você chorou igual a um bebê quando a Beth morreu, mesmo "conhecendo a história".

— Mas é diferente — diz ela. — Uma coisa é ler o livro e depois ver o filme, outra é já ter visto o filme antes de ler o livro.

— Isso não faz o menor sentido.

— É claro que faz! O livro conta a história e o filme ilustra.

— O livro também ilustra, Eve. Chamamos isso de imaginação — zomba Raj se virando para nós. — Prontinho. — Ele nos entrega os copos de papelão.

— Quer saber — fala Eve, tirando a tampa do copo para colocar açúcar —, eu vou ler isso de uma vez, só pra vocês pararem de me encher o saco.

— Depois você vai concordar comigo — digo.

— Sobre? — pergunta Raj.

— Sobre o final do livro ser melhor que o do filme.

— Annie acha o final do filme muito romantizado — Eve explica para Raj a conversa que estávamos tendo antes de chegarmos ao Nook.

— É claro que ela acha! — Raj esboça um sorriso meio de lado, cheio de sarcasmo.

— O que você quer dizer com isso? — pergunto.

— É só que nunca conheci alguém tão descrente no amor como você — esclarece ele.

Dou de ombros.

Em minha experiência, não tenho motivo nenhum para acreditar que o amor é algo que acontece fora dos livros.

— Falando em amor — continua Raj, olhando sobre nossos ombros —, o seu queridinho chegou, Eve.

Eve e eu viramos a cabeça para ver Marco Moretti, um sujeito tímido e meio desengonçado, que vem à biblioteca pelo menos três vezes por semana.

Pelo que sei, ele é doutorando na Dalhousie e é um desses nerds de engenharia; não sei qual, já que todas me parecem igualmente tediosas. Mas, por alguma razão inexplicável, Eve arrasta uma asa para ele.

— Ele parece um pouco ansioso hoje — diz ela, preocupada.

— Ele sempre está ansioso, meu bem — respondo.

Marco passa por nós, como de costume, sem olhar para os lados e vai direto até uma das mesas. Não demora muito, já está com um livro aberto e a cabeça enterrada entre as mãos, lendo o que quer que engenheiros leem.

— O coitado parece até um chihuahua, se treme todo quando precisa pedir um café — comenta Raj.

— Isso não é verdade — intervém Eve. — E o que eu quero dizer é que ele tem alguma apresentação importante essa semana, por isso está assim. Acho que está preocupado.

— É mesmo impressionante que ele fale com você — digo. — Eu nunca o vi falar com mais ninguém.

— É porque eu não fico fazendo julgamentos que nem vocês dois.

— Eita! — Raj ergue os braços em rendição.

— É melhor a gente voltar ao trabalho — digo a Eve sem conseguir evitar uma risadinha diante daquela acusação. — Põe os dois na minha conta, Raj.

— Pode deixar.

— Obrigada — agradece Eve.

Trabalhar na biblioteca municipal é bem menos tedioso do que talvez pareça. Passamos o dia todo organizando e catalogando os livros, respondendo a perguntas de estudantes que têm preguiça de procurar o título desejado e planejando e mediando eventos.

Todas as segundas, temos um clube do livro aberto à comunidade. Nas terças de manhã, temos contação de histórias para crianças. Nas quintas à noite, sessão de cinema, entre outros eventos alternados.

Nesta semana, tivemos uma roda de conversa com um autor local que acabou de publicar um livro sobre a Explosão de Halifax, que aconteceu em 1917.

Falando em Halifax, eu me mudei para cá há pouco mais de quatro meses e consegui esse emprego graças à Eve. Sou formada em literatura pela Universidade de Prince Edward Island em Charlottetown, cidade onde nasci e passei minha vida toda; então, a primeira coisa que fiz quando cheguei a Halifax foi conhecer a biblioteca.

Por um golpe de sorte, Eve logo me contou que estavam precisando de mais alguém, porque ela sozinha não estava dando conta do trabalho. E foi assim que consegui o emprego.

Eve tem a pele negra escura e cabelo cacheado na altura do ombro; ela usa óculos de grau redondo que, para ser sincera, não poderia ser mais estereotipado para uma bibliotecária, mas combina muito com ela. Ela é formada em biblioteconomia e é, teoricamente, minha chefe. *Teoricamente*, porque, na prática, fazemos as mesmas coisas. Mas ela é, sem dúvida, a chefe mais legal que já tive.

Ela e Raj logo se tornaram meus amigos mais próximos, mesmo Raj sendo dois anos mais novo que nós. Ele tem vinte e um e nós, vinte e três. Como ele estuda literatura na Dalhousie, trabalha no café apenas no período da tarde.

Já eu e Eve trabalhamos em turno integral e, às vezes, não temos tempo nem para um cafezinho. Mas estaria mentindo se falasse que tenho motivos para reclamar. Pelo menos no âmbito profissional, minha vida nunca foi tão boa.

— *Paris é uma festa* está com a lombada descolando também — digo para Eve. — Vou deixar junto ao *A abadia de Northanger*.

— Tá — responde ela, sem tirar os olhos da ficha que está preenchendo à mão. — A gente comprou esse exemplar faz um ano! Por que as pessoas não podem cuidar um pouco?

— Pelo menos ninguém derrubou café dessa vez.

Deixo o livro danificado junto ao de Jane Austen, que está com algumas páginas soltas, em uma estante destinada aos livros que precisam de manutenção, então me sento à mesa ao lado dela.

— Você já devolveu *Madame Bovary*?

— Já — confirmo e mexo no mouse do meu computador para desbloquear a tela. O papel de parede azul escrito "Windows 98" aparece na minha frente. — Vou passar na locadora depois que sair daqui, quero pegar aquele filme que você disse que viu no cinema, ele acabou de sair em vídeo.

— *O casamento do meu melhor amigo*?

— Esse mesmo — falo. — Eu tô tentando pegar *Titanic* há umas duas semanas, mas todas as cópias estão sempre fora. Na última vez, o atendente me colocou numa fila de espera, então vou tentar pegar esse outro.

— Nessa cidade vai demorar até você conseguir pegar *Titanic*. Você tinha que ver o alvoroço que foi quando o James Cameron esteve aqui fazendo as pesquisas.

— Imagino. Hoje passei na frente do Museu Marítimo do Atlântico, ali na Lower Water, e tinha até fila pra entrar — conto, clicando no ícone do software da biblioteca. — Mas, enfim, hoje é sexta-feira e eu só quero pegar um filme e pedir uma pizza.

— E eu vou fazer minhas malas para passar o fim de semana em Mahone Bay — diz Eve.

***

O resto da tarde passa com certa rapidez, mesmo assim me sinto exausta. Não que tenha feito nenhum trabalho pesado, mas hoje mal tive tempo de respirar; aconteceu uma coisa atrás da outra. *O tempo todo*. Se eu tivesse corrido uma maratona não estaria tão cansada como estou agora.

Depois do trabalho, minha única parada é a locadora de vídeo. Mas como já sei que filme vou pegar, não perco muito tempo lá dentro. Alguns dias são feitos para passar horas por entre os corredores, pegando os VHS na mão e lendo minuciosamente as sinopses, e tem dias como hoje, em que a operação toda não leva mais do que cinco minutos.

Mesmo sendo rápido, quando saio da locadora, já está começando a anoitecer. Detesto dirigir ao lusco-fusco porque já sou meio míope e a indecisão celeste entre estar claro e escuro piora ainda mais minha visão, mesmo usando óculos. Mas, no outono, a noite começa a cair mais cedo, então ou dirijo nesse horário mesmo ou mato um tempo em algum café perto da biblioteca para esperar escurecer de vez.

Porém, como disse, nada vai impedir meus planos para hoje, nem mesmo o crepúsculo. Então entro no carro com apenas um objetivo: chegar em casa o mais rápido possível.

O meu carro não é o que chamamos de última geração: o motor é meio temperamental e, nesse frio, sempre demora para eu conseguir ligá-lo; o volante é tão pesado que nem preciso pagar mensalidade em academia. O cheiro dele é uma mistura de óleo e gasolina tão forte que, às vezes, tenho medo de ficar impregnado em mim e todos no trabalho sentirem.

Pelo menos, ele me leva para onde eu quiser, sem precisar depender de transporte público, o que no inverno é uma bênção… quer dizer, meia bênção, porque meu carro não tem ar quente. De qualquer forma, é melhor do que esperar no ponto de ônibus com neve caindo na cabeça.

Eu moro na rua Gottingen, no lado norte da cidade. Em geral, quando vou à videolocadora, pego a rua South Park, então desço a Morris até a Lower Water e sigo sentido norte. E é exatamente esse percurso que faço agora.

No rádio, "Uninvited" da Alanis Morissette começa a tocar. Nos últimos tempos, parece ser a única música que toca, não importa a estação que você sintonize. Mas confesso que, apesar de melancólica, eu até que gosto bastante.

Viro na rua Morris para descer a ladeira em direção à beira-mar. E cruzo a rua Queen no momento em que Alanis entra na segunda estrofe, e volto minha atenção ao aparelho de som para aumentar o volume, porque está se aproximando da minha parte preferida da música. Os pelos do meu braço até arrepiam quando o violino e a guitarra se juntam ao arranjo.

Mas antes que eu possa apreciar o trecho, minha atenção é captada por uma figura com a cara enterrada em um livro atravessando a rua a poucos metros de mim. Tento frear, mas ele está muito perto e não dá tempo. Fecho os olhos quando percebo que não tem mais o que ser feito.

Escuto o impacto antes de senti-lo no volante.

Um barulho vindo do teto faz meu coração acelerar — ainda mais quando percebo que a pessoa voou por cima do meu carro. O carro enfim para e o estaciono poucos metros à frente.

Tiro o cinto de segurança e pulo para fora enquanto Alanis Morissette grita no aparelho de som. Tenho a impressão de que vou cair assim que piso no chão, de tão bambas que estão minhas pernas.

Apesar disso, me forço a correr até o homem que está agora estirado no asfalto, com o livro que lia jogado à sua esquerda.

Assim que me aproximo dele, levo as mãos à boca.

Meu Deus!

— Eu matei o Marco Moretti!

Capítulo 2

Meu Deus!

O que eu faço? O que eu faço?

Eu atropelei o Marco Moretti!

Me abaixo para checar o pulso dele, mas não tenho certeza se consigo sentir. Meu coração martela tão forte que me impede de sentir qualquer outra coisa.

Corro mais uma vez até o carro e pego meu celular. Abro o flip, puxo a antena e ligo para a emergência.

A estrada, que estava completamente deserta até então, começa a ser preenchida por um ou outro curioso.

No telefone, a atendente me garante que a ambulância já está a caminho e me instrui a não mexer em Marco até os paramédicos chegarem.

Caminho de um lado para o outro, esperando a ambulância, que parece demorar horas.

Marco continua inconsciente... se é que está vivo!

Será que eu o matei? Será que eu matei uma pessoa?

Tenho a impressão de que seu peito se mexe milímetros, indicando que ainda respira, mas a verdade é que tudo parece se mexer: o asfalto, meu carro, os prédios. Sinto como se estivesse em um sonho. Em um pesadelo!

O sangue, que sai por entre o cabelo de Marco e começa a escorrer viscoso ladeira abaixo, me deixa ainda mais apavorada.

Escuto as sirenes e logo vejo as luzes vermelhas se aproximando de nós. Junto a eles, chega também a polícia, que me aborda no mesmo instante.

Não consigo acompanhar o atendimento ao Marco porque um policial está me interrogando sobre o que aconteceu.

— Quando vi, ele já estava no meio da rua — explico. — Eu tentei frear, mas não deu tempo.

Minha voz treme tanto quanto meu corpo e respondo a tudo de forma automática. Com o canto do olho, tento acompanhar os médicos, e Marco, que, para meu desespero, continua imóvel.

— Você não o viu antes?

— Não! Quando eu vi, ele já estava cruzando a rua e eu estava muito em cima pra frear.

— E o seu freio?

— É novo! — falo. — Eu troquei as pastilhas faz duas semanas. Tenho até a nota ainda no porta-luvas.

Isso é verdade. Há pouco mais de três semanas, ele quase me deixou na mão descendo a rua Cogswell então decidi fazer uma revisão. O problema é que Marco estava muito próximo e meu carro, ladeira abaixo.

— A senhorita afirma que a vítima não olhou antes de atravessar?

— Eu não sei, senhor! — digo com sinceridade.

— A senhorita está sob efeito de álcool, drogas ou medicamentos?

— O quê? Não! Eu estava trabalhando.

— Onde você trabalha?

— Na biblioteca municipal.

— Está bem, vou precisar que a senhorita me acompanhe até a delegacia para assinar o seu depoimento. Também teremos que apreender o carro como prova.

— Está bem.

— De qualquer forma, se eu fosse você, começaria a rezar para ele sobreviver, caso contrário, você terá uma dor de cabeça e tanto.

— Deus!

Caminho até o carro para pegar minha bolsa; quando abro a porta, percebo que o som ainda está ligado e a música nova da Faith Hill preenche o silêncio. Desligo o aparelho e solto um longo suspiro antes de tirar a chave da ignição e entregar ao policial.

***

Na delegacia, eles me fazem as mesmas perguntas de novo, pegam meu telefone e endereço, então faço o teste de etilômetro para comprovar que não estava sob influência de álcool.

Quando saio de lá, não consigo pensar em mais nada que não seja o Marco e o sangue que escorria da cabeça dele. Então faço a única coisa que me parece certa: aceno para um táxi e peço para ele me levar ao Hospital Regional.

Halifax é uma cidade relativamente pequena, porém, por ser a capital da província, o hospital é grande e tem capacidade para atender as cidades vizinhas. Assim que chego, percebo que tem pouco movimento e vou direto ao balcão.

— Boa noite — digo —, eu gostaria de informações sobre um paciente. Acredito que ele tenha sido trazido para cá.

— Nome?

— Marco Moretti.

Ela assente com a cabeça e digita alguma coisa no teclado à sua frente. Sem nem tirar os olhos da tela, me pergunta:

— E o seu?

— Anne. Anne Fisher.

— Você é parente dele, Anne? Só podemos passar as notícias aos parentes.

— Eu, é... hum... eu sou namorada dele.

Namorada é considerada parente? Talvez devesse ter dito noiva.

Tenho certeza de que, se depender do meu desespero por notícias e estado de agitação, qualquer um acreditará que ele é meu namorado e que eu preciso vê-lo.

É claro que não irão negar informações a uma namorada angustiada.

Irão?

— Só um segundo, querida — diz a atendente com gentileza, digitando mais alguma coisa no teclado.

A essa altura já roí todas as unhas, mesmo sendo um hábito que eu havia abandonado ainda na adolescência.

— Ele está sendo levado para a sala de exames — avisa ela. — Logo o médico poderá te dar mais informações.

Se você quiser esperar. — Ela aponta com uma das mãos para as cadeiras vazias.

Espera! Se ele está sendo levado para exames é porque está *vivo*!

Solto mais um suspiro.

Tenho a impressão de que o ar não chega pleno a meus pulmões desde aquele fatídico momento.

— Obrigada — digo apenas, então me sento em uma das cadeiras na sala de espera.

De repente, me lembro de Eve.

Eu tenho que avisá-la! Mas ela vai estar fora da cidade esse fim de semana e isso não é algo que eu posso explicar por telefone. Então sei que tenho que contar quando vê-la de novo.

E a família dele? Será que foi avisada? Será que ele tem família?

Ele parece tão tímido e reservado. Nunca pensei nele como um ser sociável ou de grupo. Talvez ele seja como eu.

Não que eu não tenha família; tenho meu pai.

Mas não nos damos muito bem. Na verdade, ele que não se dá muito bem comigo. Nós nunca fomos próximos e sempre foi minha mãe que mediou nossa relação. Quando meu pai queria me dizer alguma coisa, falava para ela e ela que me contava. Ele sempre foi cabeça-dura, e creio que minha mãe era a única pessoa que ele escutava.

Ela tinha mesmo alguma magia, algo doce que encantava até a mais rude das criaturas. Tinha olhos verdes, grandes e expressivos que transbordavam ternura e delicadeza.

Seu rosto era de traços finos, mas não de uma beleza perfeita. O nariz não poderia ser descrito como grande, mas era levemente projetado com uma pequena ondulação no dorso e seu sorriso era largo e iluminado.

Apesar de não ter convivido com ela por muito tempo, sei que tive sorte de ser sua filha e nada me enche mais de orgulho do que quando as pessoas que a conheceram se surpreendem com nossa semelhança.

Depois que ela morreu, eu e meu pai fomos nos afastando ainda mais. Não houve briga, não houve discussão. Não houve nada. E esse foi o problema.

Eu estava entrando na adolescência, e ele passava mais tempo no porto, trabalhando, do que em casa. Creio que o último prego no caixão foi quando ele descobriu que sou lésbica.

Não que ele tenha se descontrolado ou coisa assim, ele apenas passou a ignorar ainda mais a minha existência e qualquer coisa ligada a ela.

Quando decidi vir para Halifax, acho que ele ficou tão aliviado quanto eu. Porque acredito que, apesar de não nos falarmos muito, ele não gostava de ouvir as piadinhas que os conhecidos faziam a meu respeito.

Fico tentando imaginar sua reação ao saber que estou no hospital esperando notícias do meu "namorado". Se bem que, para ele, preferiria admitir que quase matei um homem a deixá-lo com a ilusão de que posso ter me "convertido".

Mas, de novo, não vou falar nada sobre isso, assim como não falo nada sobre coisa alguma com ele.

Os ponteiros do relógio acima do balcão parecem andar em câmera lenta, mas quando a enfermeira finalmente me chama, sinto meu coração palpitando mais uma vez.

Ela me leva até o quarto de Marco, onde uma médica que não deve ter muito mais do que trinta anos está anotando alguma coisa no prontuário.

Marco está no oxigênio e um monitor apita a seu lado. Ele continua inconsciente.

— Prazer — diz ela, estendendo a mão. — Sou a doutora Hunter.

— Prazer — falo, cumprimentando-a. — Sou Annie, a, hum, namorada do Marco. Como ele está?

— Ele sofreu uma lesão craniana e está em coma induzido para diminuir as atividades cerebrais e acelerar a recuperação…

Mais uma vez, sou tomada por aquela sensação de estar em um pesadelo e sinto o chão sumindo sob meus pés. A médica continua explicando e explicando, mas não consigo prestar atenção. Então resolvo ir direto ao ponto:

— Mas ele vai acordar?

Apesar de eu ter cortado sua fala, ela não parece irritada. Penso que deve estar acostumada a esse tipo de reação.

— Possivelmente.

— Possivelmente?

— Vai depender da recuperação dele.

— Mas ele vai acordar? — repito.

— Possivelmente.

— Quando? — pergunto, mesmo já sabendo a resposta.

— Vai depender da recuperação dele.

— Mas tem chances? — pergunto, tentando arrancar qualquer afirmação dessa mulher.

— Sim — fala e dessa vez esboça um sorriso educado. — O prognóstico é otimista.

Graças a Deus!

— Marco! — Uma voz vinda do corredor corta mais uma vez a fala da médica. — Marco... cadê o meu filho? — Uma mulher, na casa dos cinquenta anos, entra desesperada no quarto. — Cadê meu Marco?

Atrás dela, mais quatro pessoas correm até Marco. Um homem que imagino ser o pai, um casal de idosos que concluo serem os avós e... uau! Atrás dos pais e avós, entra uma garota linda, que eu diria ter minha idade, com cabelo e olhos escuros, que talvez seja a namorada.

Por um momento, não consigo desviar os olhos dela.

Ela tem o tom de pele escuro e a boca desenhada com perfeição. Seus olhos são emoldurados por cílios tão longos que dispensam qualquer intervenção cosmética, como é de fato o caso.

Não demora muito para que a confusão e o barulho no quarto façam eu me lembrar de onde estou e o que está acontecendo.

A mãe de Marco corre até o leito para abraçar e beijar o filho acamado. O pai e os avós também se aglomeram ao redor dele, apesar do alerta da enfermeira. A avó começa a rezar alguma coisa em italiano, acredito que seja um Pai Nosso, o avô fala sem parar enquanto gesticula com as mãos, não deixando dúvida nenhuma de que é italiano mesmo. O pai abraça a mãe e tenta tirá-la de cima de Marco a pedido da enfermeira.

A única que não parece desesperada é a garota. Ela se posiciona, imóvel, ao pé da cama de Marco, encarando-o com um misto de medo e choque, eu diria.

Será que ela é mesmo a namorada dele?

Sei que não deveria pensar isso de uma pessoa em coma, ainda mais quando fui eu a responsável pelo seu estado, mas essa garota é bonita demais para ele.

Espera.

Para todos os efeitos, *eu* sou a namorada!

De repente, me dou conta da confusão que isso pode gerar.

Meu Deus, espero não me meter em uma briga com outra mulher por causa de um cara. Seria a coisa mais ridícula que poderia acontecer com uma lésbica.

O fuzuê no quarto de Marco leva mais alguns minutos até a doutora Hunter finalmente conseguir colocar ordem na casa. Ela explica mais uma vez tudo aquilo que disse para mim e, assim como eu, os familiares dele não parecem assimilar muito bem as informações.

— Mas ele vai acordar? — A garota faz a mesma pergunta que eu.

— Possivelmente — repete a dra. Hunter.

— O que diabos isso quer dizer? — pergunta o pai.

Antes mesmo de a médica responder, eu já sei o que ela vai falar.

— Vai depender da recuperação dele.

— Ai, meu Deus, meu Marco! — A mãe volta a chorar.

— Quem foi o desgraçado que fez isso com o meu filho? — questiona o pai alterando o tom de voz pela primeira vez.

Sinto como se todo o sangue estivesse sendo drenado do meu corpo e mais uma onda de culpa me acerta em cheio.

— Acredito que isso seja da alçada da polícia, senhor — diz a dra. Hunter com educação. — Mas creio que a polícia deva investigar o caso para decidir se o condutor foi responsável ou se foi um acidente. Até lá, imagino que a identidade da pessoa seja mantida em sigilo, a não ser que ela deseje entrar em contato com vocês.

Mais uma sequência de interjeições e xingamentos em italiano preenchem o quarto.

— Eu vou na delegacia hoje mesmo! — fala o pai de Marco e sinto meu sangue gelando.

Deus, o que eu fui fazer?

— Espera — diz a mãe de Marco quando seus olhos recaem sobre mim. — Quem é essa?

De repente, me sinto como um animal de zoológico, todos os cinco pares de olhos se voltam para mim.

A garota que talvez seja a namorada de Marco estreita os olhos e inclina de leve a cabeça. Parece curiosa. Espero que não queira me bater ou coisa assim.

— Eu... eu sou a Anne! — gaguejo.

— É a namorada do Marco — explica a médica com um sorriso.

— Namorada? — indagam os cinco em uníssono.

— Hum, nós, é, nós... nós estamos saindo há pouco tempo... eu... eu trabalho na biblioteca.

— Ah, meu Deus — exclama a mãe. — É claro! Marco não sai da biblioteca. É claro, é claro... ele arrumou uma namorada e não nos contou nada. Ah, meu Marco!

Ela parece feliz com a notícia, embora ainda esteja chorando. A garota continua me encarando com curiosidade, mas tem uma espécie de sorriso de lado. Acho que ela não é mesmo a namorada de Marco, do contrário já teria me desmentido.

— Becca, querida, você sabia que seu irmão estava namorando? — A mãe pergunta à garota.

Ah! Ela é irmã do Marco. Nossa, eles não se parecem em nada. Para começar, ela é linda e ele... bem, eu nunca reparei muito nele já que sempre tinha um livro cobrindo o rosto e acho que agora ele não está no seu melhor estado.

Mesmo assim, posso notar as diferenças evidentes entre os dois. Pra começar, eles têm o tom de pele e o formato do rosto muito diferentes um do outro. Marco tem o subtom de pele oliva, parecida com a do seu pai e avós; já a garota tem a pele negra, apenas um pouco mais clara que a da sua mãe. E enquanto a irmã tem o rosto mais arredondado, Marco tem o rosto bem quadrado com o maxilar marcado. É engraçado, porque eles não se parecem em nada um com o outro, mas olhando bem, ambos se parecem com os pais.

— Não fazia nem ideia — responde a irmã de Marco, então caminha até mim. — Prazer, Anne, eu sou a Becca, a irmã mais nova do Marco.

— Muito... muito prazer — gaguejo, aceitando a saudação. Ela me cumprimenta com um aperto de mão firme, mas suave. — Annie. Pode me chamar de Annie.

Só meu pai me chama de Anne, talvez esse seja um dos motivos para eu sempre ter preferido a versão diminutiva.

— Que nome adorável — diz a avó.

Antes que eu possa pensar ou responder qualquer coisa, sinto meu rosto sendo enterrado no pescoço da mãe de Marco, que me abraça com força e me chacoalha de um lado para o outro.

Apesar de ter sido pega de surpresa, eu a abraço de volta. Sinto como se fosse um abraço de boas-vindas, mas também um abraço de amparo por estar dividindo comigo uma dor.

De todos, ela é a que parece mais preocupada.

Não, a palavra não é preocupada. *Todos* parecem preocupados. Só que ela é a que mais parece desamparada, eu acho, ou talvez esteja inconformada. Bom, ela é a mãe e acho que uma mãe sempre sente mais do que qualquer outra pessoa.

Sinto um nó na garganta ao pensar que ela está sofrendo por minha culpa ao mesmo tempo em que está me recebendo tão bem.

Depois dela, o pai e os avós de Marco também me abraçam fazendo a sensação de culpa crescer ainda mais dentro de mim.

— *Che bella ragazza* — diz o avô depois de me abraçar, dando dois tapinhas amigáveis nas minhas bochechas.

— Bem-vinda à família, Annie — anuncia o pai de Marco. — Eu sou o Mario, esse é o meu pai Giuseppe, mas todos chamam ele de Nonno Pepe...

— Você pode me chamar assim também — fala Nonno Pepe.

— Minha mãe — apresenta Mario, agora apontando para a senhora mais velha —, Rosa ou Nonna Rosa, e essa é minha esposa, Sharon. A Rebecca, nossa caçula, já se apresentou. Queríamos que fosse em uma situação mais feliz, mas é um prazer te conhecer.

— O prazer é meu. — Forço um sorriso.

— Falando nisso, como você soube? — pergunta Becca, mas ela não parece desconfiada, apenas curiosa.

— Eu... eu, é... minha colega viu Marco entrando na ambulância e me ligou.

— Pobre Marquinho! — diz a avó e faz o sinal da cruz.

— *Dio*, alguém avisou o Gigio? — indaga o avô.

Todos eles se olham atrás de alguma resposta. Quando percebem que ninguém avisou quem quer que seja o Gigio, Becca coloca a mão no bolso do casaco e tira um celular.

— Eu aviso a ele.

— Diz para o seu irmão vir direto para cá — instrui o pai.

— Pode deixar — diz ela e sai do quarto.

— Giovanni é o nosso filho mais velho — explica Sharon. — Ele já é casado e não mora conosco.

Apenas balanço a cabeça indicando que entendi. Os quatro continuam me olhando, como se estivessem esperando alguma coisa que não sei como corresponder.

Olho meu relógio e vejo que já passa das três da manhã. Meu Deus, como o tempo passou tão rápido?

— Eu... eu acho que vou indo — falo.

Apesar de acharem que sou a namorada do Marco, sinto que devo dar privacidade a eles para ficarem com o filho.

— Venha jantar conosco amanhã, pra gente conhecer você melhor — diz a Nonna Rosa.

Esse é o convite mais melancólico que eu já recebi e sei que não tenho escolha. Não posso negar nada a eles.

— Isso — exclama Mario.

— É claro — concorda Nonno Pepe.

— É uma excelente ideia — conclui Sharon.

— Temos um restaurante — explica Mario. — O Moretti's, fica no píer. — Ele coloca a mão no bolso da calça e tira um cartão. — Aqui!

— Hoje fechamos mais cedo para vir até aqui, mas amanhã abriremos de volta — conta Sharon.

Moretti's? Eve sempre fala que eles têm a melhor massa da cidade, mas nunca provei.

— Eu sei qual é — digo, olhando para o cartão. — Eu vou deixar meu telefone com vocês, se tiverem alguma novidade sobre o Marco, por favor, me liguem.

Pego uma caneta e um bloco de notas na bolsa e escrevo meu número de telefone, então entrego para Mario.

— Vamos te esperar amanhã às dezoito horas!

— Está bem — falo, sentindo meu nervosismo voltar.

Fico mais uma vez sem saber o que fazer e recebo uma nova rodada de abraços. Nem lembro quando foi a última vez que alguém me abraçou, mas a sensação agridoce no meu peito me diz que faz muito tempo.

Me despeço e antes mesmo de sair, escuto Sharon perguntar mais uma vez para a dra. Hunter quando Marco vai acordar.

Encontro Becca no lado de fora, voltando para o quarto.

— Você já vai? — pergunta ela assim que fecho a porta.

— Eu quero dar privacidade para vocês — digo, sem saber o que fazer com as mãos; por fim, eu as coloco no bolso. — Mas amanhã parece que vou jantar com vocês. Quer dizer, não sei se você vai estar.

— Ah, legal! Vou estar sim, eu trabalho no restaurante — explica ela com um sorriso que não reflete nos seus olhos. — Sabe, eu desconfiava...

— Desconfiava de quê?

— De que Marco estava de olho em alguém na biblioteca. Só não sabia que estava namorando. — Ela parece contente pelo irmão, como se uma namorada fosse mesmo algo importante para ele.

— Ah. Hum, é... nós começamos a sair há, tipo, pouquíssimo tempo mesmo.

— Não importa, o que importa é que ele finalmente criou coragem de chamar alguém para sair.

De repente, me ocorre que talvez a pessoa em que ele estava interessado seja a Eve.

Sinto uma pontada de tristeza em pensar que ela teria adorado sair com ele, e agora nem sabemos se ele vai acordar de novo.

Apenas concordo com a cabeça, forçando o que eu espero que seja um sorriso educado.

— A gente se vê amanhã — diz ela. — E desculpa pela minha família, eles são assim meio barulhentos, mas são boas pessoas.

— Não tenho dúvida.

Não precisei passar nem cinco minutos com eles para perceber isso. Becca me encara por mais meio segundo antes de falar:

— Então até amanhã, Annie.

— Até amanhã, Becca.

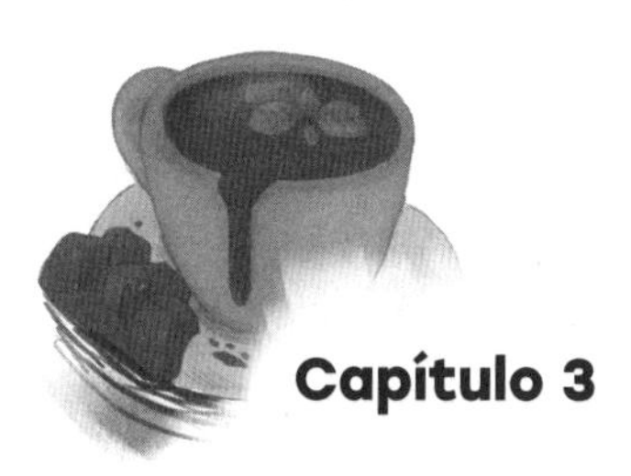

Capítulo 3

O sábado amanhece frio, porém ensolarado. Consigo escutar o vento soprando forte do lado de fora do meu apartamento e, através da janela, posso ver as folhas das árvores começando a mudar de cor.

É um dia tão lindo que quase me esqueço que Marco está inconsciente em uma cama de hospital por minha causa. *Quase.*

Outra coisa que não consigo esquecer é que vou ter que encarar a família inteira dele mais tarde.

— Por que eu fui aceitar isso?

Eu escondi minha sexualidade do meu pai por uns cinco anos, então não sou exatamente uma péssima mentirosa e acho que poderia manter a farsa por um tempo, mas a verdade é que me sinto muito mal em estar mentindo para eles.

Mas, por outro lado, não sei se consigo contar que fui eu que atropelei Marco; eu mesma ainda não consegui assimilar essa informação.

Eu sei que Mario foi à delegacia esta manhã, porque o policial que me interrogou ligou hoje para perguntar o nome da oficina mecânica em que fiz a troca das pastilhas de freio e aproveitou para me contar que a família de Marco esteve procurando respostas.

Porém, como a dra. Hunter já havia explicado, meu nome será mantido em sigilo até que o inquérito seja concluído; a não ser, é claro, que eu queira me identificar.

Mas, como falei, não sei se consigo. Nem ao menos saberia *como* contar a eles.

Não, não, primeiro preciso saber se Marco vai melhorar, depois eu vejo como contar. E a melhor forma de descobrir como ele está é podendo visitá-lo no hospital. Dessa maneira, o melhor a fazer é mesmo manter a mentira. Pelo menos até que tenhamos alguma informação mais precisa sobre o quadro do Marco.

***

Já tentei assistir aos filmes que aluguei, já tentei ler, já tentei fazer palavras cruzadas, já tentei até tricotar, mas nada funciona. Nada tira minha cabeça dos Moretti. Sendo assim, apenas espero o horário de ir até o restaurante.

Já está bastante frio, então coloco um gorro e um cachecol e saio de casa. Dessa vez, pego um ônibus, pois meu carro ainda está apreendido.

A parada de ônibus é bem perto do restaurante, então caminho poucos metros até lá. Eu nunca jantei nessa parte da cidade, porque, por alguma razão, tinha a impressão de que eram restaurantes caros, mas agora, olhando com calma, percebo que estava enganada.

É uma área bonita, cheia de bares e restaurantes com mesas ao ar livre, embora hoje estejam todas vazias por causa do vento gelado que vem do mar.

Mas se as mesas da rua estão vazias, as de dentro do restaurante, por outro lado, estão cheias e, assim que atravesso a porta, sou tomada pelo barulho e pelo calor do ambiente.

A primeira coisa que noto é que o restaurante é bem maior do que imaginei. É um salão grande com várias mesas espalhadas, tem um balcão de madeira para retirada de pedidos e, ao lado, um bar completo. Havia imaginado um restaurante familiar, pequeno e convidativo. Bom, ele *é* convidativo, mas com certeza não é pequeno. Nem desconhecido. Porque são seis da tarde e já está lotado.

A maioria das mesas está ocupada, e os funcionários andam de um lado para o outro com algumas crianças correndo por entre eles. O burburinho formado pelas pessoas rindo e conversando não me causa o incômodo que eu achei que causaria.

Na verdade, me causa uma sensação boa ver toda essa gente aparentando felicidade.

— Vovó, vovó! — Uma menina de uns três anos grita enquanto corre até o balcão que Sharon está limpando. — O Tommy tá roubando.

— Eu não tô! — O menino, que suponho ser o Tommy, responde, da mesa próxima ao balcão. Ele parece ser um pouco mais velho que a menina. Talvez tenha uns cinco ou seis anos.

— Tá sim — responde a menina.

— Não briguem — diz Sharon para eles. — Eu já falei para vocês se comportarem.

Sharon está no balcão, passando um pano com álcool na superfície enquanto as crianças sobem nos bancos do bar. Ela parece abatida e com o semblante sério. Imagino que seja difícil ter que trabalhar sabendo que um dos seus filhos está no hospital.

— Se o Tommy puxou ao Gigio, ele vai ser a criança mais ladra que esse mundo já viu. — Escuto Becca falar.

— Ei! — Um homem grande, que suponho ser o Gigio, dá um peteleco na orelha da Becca. — Eu nunca roubei!

— Você roubava até no cara e coroa — fala Becca.

— Como se rouba no cara e coroa, tia? — pergunta Tommy.

— Não se rouba — explica Gigio. — A tia Becca que é uma mentirosa.

As brincadeiras parecem ser mais para manter uma normalidade para as crianças, porque todos parecem meio dispersos e pensativos.

— Já chega, vocês dois também — exclama Sharon em um suspiro para os filhos.

Gigio, assim como Marco, não se parece muito com Becca. Na verdade, Becca se parece muito com Sharon, enquanto os filhos homens se parecem mais com Mario.

Sharon tem a pele negra clara, olhos castanho-escuros e cabelo crespo, que está preso em um coque. Ela não é muito alta, embora os três filhos sejam, mas creio que nisso os três puxaram a Mario.

Becca tem a pele um pouco mais clara que a da mãe, uma mistura com a de Mario, que é bem clara, mas tem os mesmos olhos e sorriso de Sharon.

Já Gigio se parece bastante com o irmão, mas em uma versão mais encorpada e forte. Ele tem cabelo preto e nariz aquilino, que não deixa muita dúvida sobre a ascendência italiana da família.

— Annie! — exclama Sharon ao finalmente me ver caminhando na direção dela. — Você veio!

Ela me abraça mais uma vez.

Não tenho certeza se ela é mesmo uma pessoa muito afetuosa ou a situação com Marco que a deixou assim, mas já começo a me acostumar com seu abraço apertado.

— *Essa* é a namorada do Marco? — pergunta Gigio, apontando para mim em descrença.

Sinto certo nervosismo como se, de repente, ele pudesse ler minha mente e soubesse que eu sou lésbica, além de uma assassina mentirosa.

— Quem diria que ele conseguiria tanto — completa Gigio.

— Gigio! — repreende Sharon. — Isso é jeito de falar da sua cunhada?

— Seu ogro! — comenta Becca.

— Prazer, Annie — diz Gigio, caminhando até mim e estendendo a mão, ignorando as mulheres da sua família. — Eu sou o Gigio.

— Prazer — falo, cumprimentando.

— Não me leva a mal — pede ele. — É que a gente meio que esperava que o Marco fosse ficar solteiro pra sempre.

— Gigio — ralha Sharon de novo.

— Esses são Alex e Tommy, meus filhos — diz ele, mais uma vez ignorando o protesto da mãe. — A minha mulher, Jennifer, não vai conseguir vir, porque está de plantão.

— Ela é paramédica — explica Sharon e apenas faço que entendi com a cabeça.

Alex, a menina de mais ou menos três anos, é loira, o que me diz que a mãe dela também deve ser, já que Gigio tem o cabelo bem preto. Tommy é muito parecido com a irmã mais nova, mas tem o cabelo castanho.

— Oi — fala Tommy com um sorriso no rosto. — O tio Marco nunca falou que tinha uma namorada.

— O tio Marco nunca falou pra mim também — conta Becca ao sobrinho.

— Ah, é que começamos a namorar faz pouco tempo — falo, sentindo as mãos suando.

— Annie! — Nonna Rosa parece se materializar do nada para me abraçar. Mais uma vez, sinto minha cara ser esmagada em um abraço materno no qual ela me chacoalha para os lados. — Vem, querida, venha se sentar com a gente.

Ela me puxa para uma mesa comprida junto a uma janela com vista para o mar. Ela se senta ao lado do marido e faz menção para eu me sentar do outro lado.

Quando me dou conta, já estou sentada em uma mesa com metade deles a meu redor me enchendo de perguntas.

— O papai quase nunca deixa a cozinha. — Becca, que está sentada na minha frente, explica a ausência do pai. — Mas ele vem daqui a pouco para jantar com a gente.

— E o Nonno Pepe? — pergunto, porque além de Mario, o avô também não está presente.

— Ele está com o Marco — fala Sharon. — Fiquei lá durante o dia, mas eu que cuido de toda a parte burocrática aqui e precisei voltar.

Fico sem saber o que dizer, então apenas balanço a cabeça.

— O que você quer comer, Annie? — pergunta Sharon, claramente querendo mudar de assunto. — Você gosta de frutos do mar?

— Adoro! — respondo.

— Perfeito — diz ela. — Mario está preparando um *cioppino* hoje que é divino.

— Annie — chama Nonna Rosa antes que eu possa responder Sharon, colocando a mão sobre a minha. — Como você e o Marco se conheceram?

— Eu aposto que ele não teve coragem e escreveu uma carta — alfineta Gigio.

— Ele sempre escrevia cartas para a Sharon quando queria pedir alguma coisa — explica Nonna Rosa com aquele sorriso de quem relembra uma boa memória.

— É verdade — confirma Sharon.

— Dez pratas que foi a Annie que tomou a iniciativa — comenta Gigio.

— Eu acho que ele teve coragem dessa vez — fala Becca e estende a mão na direção do irmão para selar a aposta.

Pelo pouco que pude conhecer dos irmãos Moretti até agora, me parece que Becca é a que mais acredita em Marco. Mas acho que eu visualizo melhor a versão que o Gigio conhece.

— Eu tenho certeza de que foi muito romântico — afirma Nonna Rosa em tom sonhador.

— Como você pode saber, *nonna*? — pergunta Becca à avó.

— E por que não seria? — retruca ela.

— Ora, porque o Marco não abre a boca — fala Gigio.

— Deixem a Annie contar — intervém Sharon. Então, de repente, todos os pares de olhos me encaram esperando a resposta.

— Ah, foi... foi... — gaguejo. — A gente, hm... ele pediu a minha ajuda para achar um livro.

Ufa! Por um segundo achei que não fosse sair nada da minha boca.

— Eu sabia que tinha sido romântico — fala Nonna Rosa.

— Como que isso pode ser romântico, *nonna*? — pergunta Becca, franzindo o nariz de uma forma adorável.

— Eu aposto que era um livro romântico — responde ela.

— Era *As bases da engenharia mecânica* — falo rapidamente, porque era o único livro que lembro de ele ter lido.

— Muito romântico mesmo — ironiza Gigio.

— Para de tirar sarro do seu irmão — repreende Sharon.

— E daí o que aconteceu? — pergunta Becca.

— Ele... ele perguntou se eu queria tomar um sorvete.

— Ah, Marco adora sorvete! — comenta Sharon, como se fosse a prova de que o filho de fato tivesse tido coragem de me chamar para sair.

— Nesse frio? — questiona Gigio.

— Você sabe que ele toma sorvete o ano todo — argumenta Nonna Rosa.

— E foi assim — concluo, tentando encurtar a história.

— Me parece que o Marquinho teve coragem no fim das contas — fala Becca com um sorriso vencedor para Gigio. — Dez pilas!

Gigio revira os olhos, mas coloca a mão no bolso e passa o dinheiro para a irmã.

— Meu Marquinho! — Sharon dá uma cafungada de preocupação pelo filho. — Tomara que ele acorde logo.

— Ele vai, mãe — diz Becca, passando a mão nas costas de Sharon. — A médica mesmo disse hoje.

— Disse? — pergunto, interessada, de repente.

— Ah! — exclama Sharon, como se lembrasse de algo que precisa me dizer. — Sim! A dra. Hunter falou que o quadro dele mostrou bastante melhora de ontem para hoje, mas que eles ainda vão mantê-lo em coma por mais algum tempo até que tudo se estabilize. Mas ela disse que é quase certo que ele vai se recuperar por completo.

— Graças a Deus! — Solto um suspiro aliviado.

— Aí vocês vão poder jantar conosco como um casal oficialmente — fala Nonna Rosa, demonstrando mais animação na voz.

Merda! Por um segundo, fiquei tão feliz pela notícia que esqueci da minha mentira. Bom, acho melhor pensar nisso mais tarde.

— Annie! — Escuto a voz de Mario atrás de mim.

Quando me viro, vejo ele segurando uma panela de *cioppino* que, em seguida, coloca no centro da mesa. Me levanto para cumprimentá-lo também e sou recebida com um abraço.

Puxa, que família de abraçadores compulsivos, essa! Mas não vou mentir que sinto mais uma vez um nó na garganta ao receber tanto carinho de todos.

***

Apesar da família poder se reunir para jantar no horário de funcionamento do restaurante, Sharon tem que ir ao balcão vez ou outra para atender algum cliente.

O restaurante tem muitas mesas espalhadas pelo salão, todas com toalha xadrez vermelha, um vidro de azeite de oliva e um pimenteiro. A decoração é exatamente o que você imagina de um restaurante familiar italiano: muitos quadros, peças de decoração antigas e embutidos pendurados no teto.

Além da família, alguns funcionários trabalhavam no salão e, pelo que pude entender, mais alguns na cozinha mantendo tudo funcionando enquanto Mario janta conosco.

— Becca, por que você não mostra a nossa casa para a Annie? — pergunta Sharon à filha, já no fim do jantar.

— Claro — responde ela se levantando, então a sigo.

Não que eu tenha pensado muito no assunto, mas fico surpresa em ver que eles moram em cima do restaurante. Becca me guia por um caminho por dentro do prédio mesmo, indo até a escada que leva ao segundo andar.

— O Marco vive falando que vai se mudar porque a gente é muito barulhento, mas você conhece ele — diz ela enquanto subimos a escada. — Não vai sair tão cedo daqui.

— Ah! É… conheço — respondo, meio receosa.

Assim que Becca abre a porta, dou de cara com o oceano azul profundo, iluminado pelas luzes do píer, na vista da janela em frente. Essa é sem dúvida a melhor vista da cidade.

— Uau! E quem iria querer largar essa vista? — falo assim que entramos no apartamento.

— Pra reparar na vista, ele teria que tirar a cara de dentro dos livros — aponta ela, mas não tem maldade na fala, é só o comentário de quem conhece bem o irmão.

É estranho ver que Becca sabe tanto sobre o irmão, porque, para ser sincera, não consigo imaginar Marco fazendo ou falando nada dessas coisas. Não consigo o imaginar nesta casa ou convivendo com essas pessoas... na verdade, não consigo o imaginar fazendo nada. Nem reclamando de barulho, nem reparando na paisagem, nem ameaçando se mudar da casa dos pais. Nem falando.

Só consigo imaginar ele na biblioteca, como se ele só existisse lá.

— Mas ele tem razão — diz Becca depois de um tempo.

— Sobre? — pergunto.

Confesso que já esqueci do que falávamos.

— Minha família é mesmo muito barulhenta — responde ela, caminhando até uma porta larga ao lado da sala. — Bom, essa é a cozinha.

Como eu suspeitava, é enorme e parece que é muito usada. Tem duas batedeiras, um liquidificador, uma cafeteira e mais um monte de eletrodomésticos que eu nem sei para que servem espalhados pela bancada.

— A *nonna* tá sempre aqui cozinhando, porque o meu pai não deixa mais ela cozinhar no restaurante. Ele diz que ela atrapalha o fluxo.

— Tadinha!

— Mas ela atrapalhava mesmo. — Becca ri. — Ela inventava de fazer docinhos amanteigados bem no horário de pico do restaurante e usava a bancada toda pra isso.

Da última vez, meu pai a proibiu e fez uma reforma na cozinha aqui de cima para ela poder usar o quanto quisesse.

Solto uma risada, porque tenho certeza de que eu também pagaria por uma reforma só para ver a Nonna Rosa feliz.

A casa é idêntica ao restaurante: meio entulhada de coisas e cheia de quadros, mas, assim como o Moretti's abaixo de nós, é aconchegante, convidativa e calorosa.

— Você tem irmãos, Annie? — pergunta Becca enquanto voltamos à sala.

— Não, sou filha única.

— Deve ser bom.

Becca se senta no sofá e indica para eu fazer o mesmo na poltrona em frente.

— Mais ou menos, é meio solitário.

— E a sua família é daqui?

— Não, eu sou de Charlottetown.

— Prince Edward Island?

— Uhum.

— E o que você tá fazendo aqui na Nova Escócia?

Apesar de Becca ser menos expansiva que o resto da família, ela parece tão curiosa quanto os outros. Por alguma razão, não consigo evitar o sorriso que se forma com essa constatação.

— Não sei ainda, mas eu meio que só tinha o meu pai lá e a gente não se dava superbem — explico. — Então achei melhor me mudar.

— Sinto muito — fala ela de forma sincera. — E você tá aqui há quanto tempo?

— Um ano.

— Tá gostando?

— Pra ser sincera, eu não conheço muita coisa além da biblioteca. A Eve, minha colega, vivia falando do restaurante de vocês e eu nunca tinha vindo.

— E o Marco nunca falou? — pergunta Becca estreitando as sobrancelhas. — Esse menino nem pra fazer propaganda do negócio da família.

Sinto minha ansiedade atacando de novo e minha mão suando, mas então ela solta uma risada, como se não esperasse mesmo que Marco fosse falar do restaurante.

— Ah... hm... ele falou, claro... mas é que — gaguejo. — É que estamos saindo há pouco tempo, como eu já disse. A Eve fala desse restaurante desde que me mudei.

— Bom, se você quiser, eu posso te mostrar a cidade. — Ela oferece de maneira despretensiosa. — Não tem tanta coisa assim aqui, mas agora você é da família, e o Marco, mesmo depois que se recuperar, não vai te mostrar nada que você já não conheça, já que ele não sai da biblioteca.

— Eu iria adorar — respondo, percebendo a sinceridade na minha própria voz. — Você tem folga no restaurante?

— Mais ou menos. Eu trabalho no bar, mas sempre posso sair quando eu preciso — fala. — É a vantagem de ser filha do dono, eu acho.

— Você é a única que trabalha ali, né? — pergunto. — Quero dizer, o Marco eu sei que não trabalha no restaurante, mas o seu outro irmão também não parece.

— O Gigio tem uma revendedora de carro, ele sempre gostou de carro e moto — explica. — Você quer beber alguma coisa, Annie? — Ela corta a própria fala, parecendo lembrar da hospitalidade de repente.

— Não, obrigada — falo e vejo ela voltar a relaxar no sofá.

Confesso que acho adorável como a família toda tem essa característica acolhedora e amigável.

— O Marco sempre gostou de engenharia — continua ela. — Não vou negar que tenho um pouco de inveja dos dois.

— Você não gosta do restaurante? — pergunto.

— Eu gosto, mas eu não tenho uma grande paixão assim como o resto da minha família, sabe?

— Acho que sim.

— Tipo, meu pai e meus avós são loucos pelo restaurante, meus irmãos também têm as paixões deles, a minha mãe é meio a maníaca das finanças e controla o dinheiro de todo mundo, mas eu meio que gosto de tudo. Tipo, gosto de tudo, mas não amo nada.

— E você pensa em fazer alguma outra coisa?

— Não sei. Eu tenho vontade de viajar para a Itália, eu acho.

— O que você gostaria de fazer lá?

Ela dá de ombros, mas responde:

— Eu acho que iria gostar de estudar gastronomia.

— Bom, a sua família já tem um restaurante — falo em tom de brincadeira.

— E é bem por esse motivo que nunca falei nada para eles.

— Não tô entendendo...

— Na hora que eu falar que tenho interesse em assumir a cozinha do Moretti's, eu nunca mais vou ter a chance de mudar de ideia, entende? Meu pai vai colocar nas minhas costas todas as esperanças de que o restaurante fique na família.

— Acho que sei o que você quer dizer.

— Eu queria ter certeza primeiro, sabe?

— Sei.

— Mas me fala de você — diz, voltando a abrir o mesmo sorriso de antes. — Você sempre quis trabalhar com livros?

— Na verdade, sim — respondo. — Quando eu era criança, minha mãe sempre lia histórias para mim, e eu adorava.

— Você tinha alguma preferida?

— Tinha! — falo, animada. — A minha preferida era *Anne de Green Gables*.

— Ah, eu adorava essa também.

— Esse foi um dos motivos de me mudar pra cá, inclusive.

— Ué, mas ela não morava justamente em Prince Edward Island?

— Sim, mas ela nasceu em Halifax!

— É verdade! — diz Becca, parecendo buscar a história na memória.

— Depois que a minha mãe morreu, passei a ler ainda mais — explico. — Era uma forma de me sentir perto dela, eu acho. Aí foi meio óbvio cursar literatura.

— Olha, eu juro que é um elogio — destaca Becca com um sorriso meio travesso —, mas você tem mesmo muita cara de quem trabalha em uma biblioteca.

— Por que você acha isso?

— Você tem esse jeito assim meio tímido, mas com cara de inteligente — fala e solta uma risada. — Desculpa, isso é muito estereotipado?

— Um pouco — respondo, também sorrindo. — Mas acho que você tem um pouquinho de razão.

— Pelo menos, acho que você combina com o meu irmão — afirma ela, ainda com um sorriso enquanto sinto o meu se desfazendo.

Merda. Por um segundo eu havia esquecido desse detalhe.

— Obrigada. — Forço uma resposta.

— Acho melhor a gente voltar lá pra baixo, porque a Nonna Rosa já deve tá cheia de novas perguntas engatilhadas para te fazer. Ela não pode ver uma pessoa nova.

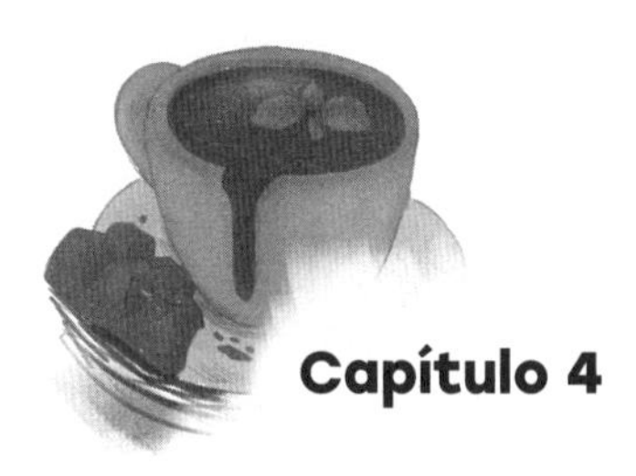

Capítulo 4

No domingo de manhã, dirijo até o hospital mais uma vez. Agora que sei que o prognóstico dele é otimista, quero vê-lo com meus próprios olhos.

Para ser sincera, ele parece mesmo um pouco mais corado e melhor, ainda que inconsciente.

— E aí, Marco — falo para ele assim que arrasto a cadeira de acompanhante para mais perto do leito e me sento. — Eu sei que eu devo ser, tipo, a última pessoa que você quer ter por perto, mas eu queria ver como você tá se sentindo.

Ele obviamente não me responde, mas, de alguma forma, sinto que pode me ouvir, então aproveito para falar um pouco com ele.

— Eu sei que sua família visita você todos os dias e passa horas aqui, mas mesmo assim deve ser meio solitário a maior parte do tempo, já que os horários de visita são restritos.

"Bom, eu acho que talvez eu deva explicar para você que a sua família acha que a gente tá namorando.

Tipo, eu sei que você tava aqui na hora que a dra. Hunter falou isso pra eles, mas acho que talvez, naquele dia, você não estivesse assimilando as coisas direito. Então é melhor eu contar de novo: eles acham que estamos namorando porque eu queria poder ver você, então tive que falar para a enfermeira que você era o meu namorado. O Gigio ficou meio desconfiado; ele acha que você não teria coragem de me chamar para sair, e, para ser sincera, acho que ele tem razão, porque suspeito que você gosta da Eve e nunca chamou ela para sair. Mas cá entre nós, ela iria adorar! Já a Becca achou que você teria tido coragem. Eu acho que ela realmente acredita em você, sabia? Então, eu dou, tipo, todo o apoio para você chamar a Eve pra sair quando isso acabar e você acordar. Eu juro que não vou ficar com ciúme."

Me lembro mais uma vez que ainda não contei para Eve o que aconteceu. Entre ontem e hoje, eu pensei várias vezes em ligar para ela e contar, mas não queria estragar o fim de semana dela. Além do mais, não sei como falar algo assim por telefone.

— A sua família é bem legal — digo para Marco depois de um tempo. — Eu sinto muito mesmo que eles estejam tão tristes por você estar aqui por minha causa. Se estiver me ouvindo, quero que saiba que eu espero que você acorde logo. Eu sei que é provável que você não vá me querer por perto nem nada, mas vou ficar muito feliz em saber que você e a sua família estão bem.

Seguro a mão dele na minha, ele tem a mão gelada e levemente áspera, mas me causa uma sensação de alívio em saber que ele está vivo e melhorando.

***

— Ela é uma mimada! — fala Pete.

— Você tem que entender o lado dela...

— Ah, me poupe, Mary! Que lado? Ela é só uma menina mimada que acha que pode ficar brincando com o sentimento de todo mundo só porque está entediada!

— Eu gosto dela — confessa Christie de maneira meio tímida.

— Eu também — concorda Eve, tentando apaziguar a situação, mas eu sei que é mentira.

Pete, no entanto, continua seu discurso:

— Queria ver se iriam gostar se fosse na vida amorosa de vocês que ela estivesse se metendo!

Estamos lendo *Emma*, da Jane Austen, para o clube do livro e, como sempre acontece, Pete detesta a protagonista. Mas, nesse caso, sinceramente, ele tem razão.

Verdade seja dita, eu não conheço ninguém que de fato *goste* da Emma — com exceção de Christie, talvez —, mas é sempre legal tentar conversar sobre os motivos e intenções dela.

— Bom, eu acho que Pete tem um bom argumento — falo. — Ela é mesmo meio metida e egoísta demais.

— Viu? A Annie concorda! — aponta Pete, exaltado, para mim.

— Bom, olhando por esse lado — diz Christie, dando de ombros com timidez, como sempre.

Ela é uma garota de uns vinte e cinco anos que participa todas as segundas do clube, embora quase nunca acrescente muito às discussões. Seus comentários são sempre meio rasos e curtos, mas, mesmo assim, de alguma forma, ela é exatamente o tipo de pessoa que você esperaria ver em um clube de leitura, coisa que com certeza não podemos dizer de Pete.

Ele é estivador, tem uma barba ruiva enorme que o faz parecer um viking, está sempre de jardineira e camisa de flanela e deve medir quase dois metros de altura. No entanto, ele é um dos nossos participantes mais fiéis e sempre faz comentários cheios de emoção.

Ele e Mary adoram discordar sobre os livros e os personagens, e sempre acabam elevando a voz em algum momento.

Mary é uma senhora de setenta e dois anos que frequenta com assiduidade nossa biblioteca há mais de quarenta anos. Ela é minha inspiração do estilo de vida que almejo na terceira idade: uma aposentada que passa a vida viajando e participando de clubes do livro.

Ela também sempre traz bons argumentos e agrega muitos fatos curiosos sobre os períodos históricos em que os livros foram escritos.

Os outros membros do clube são o que eu e Eve chamamos carinhosamente de "itinerantes". Toda semana temos membros novos chegando ou antigos retornando. Volta e meia aparece alguém que está "voltando" para o clube depois de uma viagem, de um divórcio, de uma crise de depressão, de uma demissão... e por aí vai.

Mas Christie, Pete e Mary estão sempre aqui.

— Eu concordo com você, Pete — continua Mary. — Este talvez seja o livro da Austen com menos personagens carismáticos...

— Menos? A minha única torcida para esse livro é que um vulcão acabe com todo mundo.

Escuto Eve soltar uma risada e tento segurar a minha.

— Não seja cruel — repreende Mary, com toda sua postura de professora aposentada. — Eles são falhos, mas são humanos.

Bem, não são porque são personagens de um livro, mas eu meio que entendo o que ela quer dizer.

— Não se salva ninguém nesse livro — argumenta Pete com a testa franzida.

— Eu particularmente gosto do sr. Knightley — fala Mary e vejo a Christie concordando com um aceno vigoroso de cabeça.

— Um sujeito entojado. — Pete quase cospe as palavras.

— Mas, nesse caso, eu acho que era mesmo o objetivo, Pete — replico. — Creio que a Jane queria retratar a aristocracia londrina com seus defeitos e qualidades.

— Acho que ela esqueceu das qualidades — responde Pete. — Porque são um bando de desocupados.

— Mas é justamente esse o propósito da história — diz Mary. — Ela queria fazer uma crítica a essa gente e seu estilo de vida.

— Eu detestei todos.

— Então, creio que podemos concordar que Jane Austen foi muito bem-sucedida com esse livro — argumenta Mary.

Pete solta uma bufada antes de estreitar as sobrancelhas e parecer confuso por um segundo. Mary apenas continua o encarando com um sorriso de professora de ensino fundamental.

— Nesse caso, acho que você tem razão — comenta ele por fim, e Mary alarga ainda mais o sorriso. — Ela é mesmo muito boa escritora.

Isso também sempre acontece todas as segundas--feiras.Em algum momento, Mary consegue convencer Pete do seu argumento e os dois concordam que o livro é maravilhoso, mesmo que Pete tenha odiado cada segundo da leitura.

— Bom — fala Eve, batendo as mãos uma na outra —, semana que vem, vamos começar *A ilha do tesouro*, de Robert Louis Stevenson. Quem não tiver e quiser levar uma cópia, elas estão no corredor catorze.

— Finalmente um livro sobre homens — comenta Pete, e escuto Mary soltar uma risada.

Sei que ela deve ter pensado o mesmo que eu: ele vai criticar mesmo assim.

***

Quando eles saem, eu e Eve ficamos para limpar e organizar a sala e sei que é minha deixa...

— Hum, Eve — falo. — Eu preciso te contar uma coisa.

Ela me olha sobressaltada, acho que pelo meu tom. Falamos ao mesmo tempo:

— Ai meu Deus, alguém morreu? — pergunta.

— É o Marco.

De novo, falamos juntas.

— O Marco morreu?

— Eu atropelei ele!

— Você *matou* o Marco? — indaga.

— Não! Quer dizer... acho que não!

— Você *acha*?

— Ai, não era isso que eu queria dizer... — falo, me sentindo meio confusa.

— Você não matou o Marco?

— Não!

— Então o que tem ele?

— Eu o atropelei.

— Mas ele está bem?

— Não...

— Então ele morreu?

— Também não...

— Annie! Pelo amor de Deus, me conta logo o que aconteceu!

Respiro fundo e tento explicar da forma mais objetiva possível.

— Sexta-feira passada, eu atropelei o Marco na rua South e ele está em coma induzido.

— Em coma? — pergunta Eve, deixando o corpo cair na cadeira em que estava sentada a pouco.

— *Induzido* — repito, porque acho que esse detalhe faz muita diferença.

— Por isso ele não veio hoje — fala Eve, meio perdida nos próprios pensamentos. — Eu achei mesmo estranho, porque ele vem quase todas as segundas...

— Eu disse para a família dele que estamos namorando — conto em um folego só antes que perca a coragem.

— Você *o quê*? — Eve praticamente grita. — Você não é lésbica?

— Eu sou...

— Annie, eu te amo, mas eu tô prestes a cometer um ato de violência se você não começar a falar alguma coisa que faça sentido neste exato segundo.

— Tá, tá — falo. — Deixa eu explicar com calma...

E é isso que faço, conto tudo o que aconteceu desde a última sexta até ontem quando visitei o Marco de novo.

— Eu juro que eu tentei frear a tempo — ressalto para Eve, que parece em choque.

— E ele vai acordar?

— A médica diz que sim, só não sabem dizer exatamente quando — explico, sentindo de novo meu coração se apertando. — Eu sinto muito...

Ela me olha com certa raiva, mas dura apenas um segundo; logo vejo sua expressão suavizar e seus olhos voltarem a ser calorosos como sempre.

— Você fez o que podia fazer, que era prestar socorro —fala, mas tenho a impressão de que é mais para ela mesma do que para mim. — Eu conheço o Marco, sei que ele é distraído e não deve nem ter pensado em olhar para os lados antes de atravessar.

— Se ele olhou, eu não vi...

— E a família dele não sabe que foi você que o atropelou, então?

— Não.

— Que rolo, Annie!

— Eu sei — falo, enterrando a cara nas mãos.

— Será que eu consigo ver ele? — pergunta ela.

— Não sei, para mim perguntaram qual era o parentesco com ele, mas talvez eu consiga que te deixem entrar — digo. — A gente pode dizer que você é uma prima, sei lá.

Eve apenas assente com a cabeça, mas não fala mais nada.

— Annie? — Escuto uma voz suave atrás de mim e me viro para dar com dois pares de olhos castanho-escuro.

— Becca? — falo sobressaltada ao ver a irmã do Marco na biblioteca.

— Oi, eu não queria te atrapalhar — diz ela, parecendo meio deslocada de repente. — Eu vim, porque sabia que tava perto do seu horário de sair...

— Becca! — repito o nome dela, sem saber se ela ouviu minha conversa com a Eve ou não. — Humm, Eve, essa é a Becca, irmã do Marco... o meu namorado.

Vejo os olhos da Eve se arregalarem e percebo que ela finalmente entendeu o porquê do meu nervosismo.

— Prazer — diz Eve de maneira automática esticando a mão para cumprimentar Becca.

— Foi você que viu o Marco sendo levado pela ambulância? — pergunta Becca a Eve.

Eu tento induzir a Eve a falar que sim por telepatia e, por sorte, ela meio que entende, porque logo responde.

— Uhum...

— Eve viu ele sendo colocado na ambulância e me ligou — completo.

— Puxa, obrigada por ter avisado a ela — fala Becca. — Porque nem sabíamos que ele estava namorando. Imagina só, a Annie não iria descobrir tão cedo e iria ficar preocupada.

Ah! Que fofo ela se preocupar comigo.

— Pois é — concorda Eve. — Foi mesmo terrível o que aconteceu. Eu espero que o seu irmão se recupere logo.

— Obrigada — fala Becca, então se vira para mim. — Você já está saindo?

— Tô — respondo por impulso, mas na verdade ainda faltam alguns minutos.

— Você quer dar uma volta? — sugere ela. — Eu fiquei de te mostrar a cidade.

— Você não tem que trabalhar hoje?

— Segunda o restaurante não abre — explica.

— Eu vou adorar dar uma volta — falo abrindo um sorriso. — Saio em cinco minutos.

— Ótimo — declara. — Eu posso te esperar enquanto olho as estantes, quem sabe assim não me animo a pegar algum livro emprestado.

— Fique à vontade!

Observo Becca caminhar até um dos corredores, mas sou interrompida por um cutucão no ombro.

— Annie! — exclama Eve em um sussurro. — Você tá maluca?

— Por quê?

— Você vai sair com a irmã do Marco?

— O que é que tem?

— Você vai se enrolar ainda mais nessa história!

Coço a cabeça enquanto paro um segundo para analisar toda a situação.

— Eu não posso simplesmente ignorar ela, Eve — argumento. — Eles foram muito gentis comigo...

— Porque eles não sabem que foi *você* que atropelou o Marco!

— O que você acha que eu devo fazer? — pergunto, desesperada e na esperança de que alguém tome as rédeas da minha própria vida.

— Pra ser sincera, não sei — responde ela, parecendo meio confusa também. — Porque acho que você já tomou todas as decisões erradas...

— Nesse caso, é melhor eu ir até o fim.

— Não foi isso que eu quis dizer.

— Além do mais, a Becca não tem culpa de nada — explico, ignorando o comentário da Eve. — Eu não posso apenas falar que não quero a companhia dela, seria rude.

Eve estreia os olhos de maneira perspicaz e fico sem entender o que ela está pensando.

— Annie, você não tá com uma quedinha pela irmã do seu "namorado", não é?

— O quê? — pergunto. — De onde você tirou essa ideia?

— Desse seu interesse repentino em ser uma pessoa sociável.

— Ei! O que você quer dizer com isso?

— Ah, qual é, Annie, eu e o Raj vivemos te chamando para sair e você quase sempre arruma uma desculpa...

— Querer ficar em casa lendo não é uma desculpa, é a verdade...

— Que não vale para a Becca, pelo que eu tô vendo.

— Isso não faz o menor sentido, Eve — falo. — Eu só tô sendo educada.

— Sei... — diz com um sorriso de quem sabe alguma coisa. — Bom, a sua *cunhada* tá te esperando, é melhor você ir.

Reviro os olhos antes de me despedir dela.

— Eu prometo que amanhã eu te levo no hospital para ver o Marco, tá bem? — falo para Eve.

Ela apenas assente e se aproxima para me dar um abraço. E acho que é apenas nesse momento que eu finalmente relaxo desde o acidente.

Quer dizer, sei que só vou relaxar de verdade quando o Marco acordar, mas eu estava preocupada com a reação de Eve. E saber que ela não me culpa me deixa aliviada.

Retribuo o abraço, apertando bem ela contra mim.

— Vai dar tudo certo — sussurra no meu ouvido.

Eu compartilho um sorriso meio triste com ela assim que nos afastamos. Então saio para encontrar Becca.

Ela está na fila do Nook e, mais uma vez, corro para alcançá-la antes que ela resolva falar que é irmã do Marco para o Raj e descubra que não sou cunhada dela.

— Oi — falo quando me aproximo. — Você quer um café?

Ela sorri meio confusa, afinal está na fila para *pedir um café*.

— Deixa que eu peço pra você e coloco na minha conta. O que você quer?

— Não precisa, Annie.

— Claro que precisa, sua mãe não me deixou pagar pelo meu prato no sábado e, além do mais, eu tenho desconto de funcionária.

— Bom, nesse caso... eu vou querer um chocolate quente com menta.

— É o meu preferido — comento.

— O meu também.

— Você pode esperar ali no sofá se quiser — digo, na esperança de que ela aceite, para que eu possa falar com o Raj em particular.

— Eu te faço companhia...

— Ah, não se preocupa com isso, eu preciso mesmo falar com o Raj sobre... hum... um lance.

— Tudo bem, então — concorda Becca.

Solto um suspiro assim que ela sai e em menos de cinco segundos depois chega minha vez na fila.

Tento resumir a história para o Raj, que não consegue parar de olhar para Becca. Ele tem o queixo caído, demonstrando todo o choque com a enxurrada de informação que eu despejo sobre ele.

— Mas ele vai acordar? — pergunta Raj.

Eu juro que vou surtar se ouvir essa pergunta mais uma única vez que seja.

Mas sei que a culpa não é do Raj, nem da Eve, nem da família do Marco, então apenas respiro fundo antes de responder:

— Os médicos dizem que sim.

— Olha, Annie, para alguém que além de lésbica, odeia romance, você parece bem envolvida com a família do seu namorado — aponta Raj, espichando o nariz na direção de Becca.

— Eu já notei.

— Bom, boa sorte com toda essa mentira — diz ele, me entregando os dois chocolates quentes. — Mas vê se não se enrola ainda mais.

Apesar do aviso, seu tom é amigável, de alguém preocupado de verdade comigo.

— Eu vou tentar — falo. — Coloca os dois na minha conta.

— Pode deixar.

Caminho até Becca e entrego um dos copos para ela. Becca usa calça jeans e um suéter largo preto que parece realmente quentinho para ficar aqui dentro, mas quando caminhamos para a saída da biblioteca, ela pega o casaco corta-vento dela no cabideiro. Eu faço o mesmo com meu sobretudo de lã caramelo.

É impressionante como esfriou rápido esse ano. Há duas semanas eu estava de camiseta manga curta e hoje já estão falando na primeira nevasca do ano.

— Você tá de carro? — pergunta ela.

Ih, merda... esqueci que meu carro ainda está com a polícia.

— Humm... não — respondo. — A gente vai a algum lugar específico?

— Na verdade, ia te convidar para dar uma volta a pé aqui pelas redondezas mesmo.

— Perfeito, então.

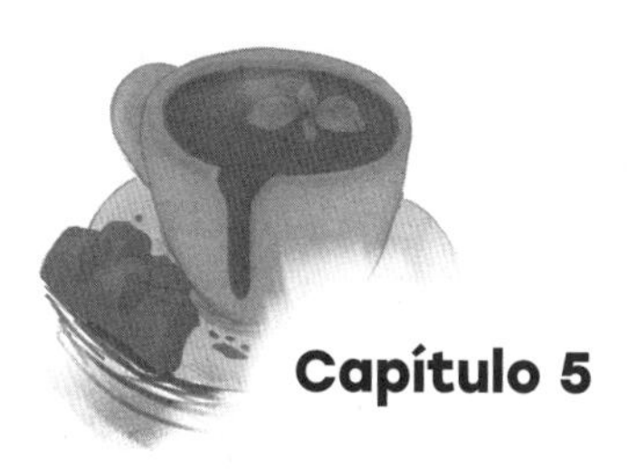

Capítulo 5

Saímos da biblioteca e pegamos a rua Grafton. É uma época perfeita para caminhar pelas ruas já que estamos no auge das folhagens de outono e tudo está tingido de vermelho, laranja e amarelo. Desde as árvores até a calçada, forrada de folhas.

Eu não sei se já contei isso, mas esta é minha estação do ano preferida. E um dia perfeito de outono como o de hoje é bastante raro, já que logo as folhas terão caído, o colorido dado lugar ao cinza e as folhas se decompondo no chão serão apenas um lembrete escorregadio de que o inverno está chegando.

Fico feliz que Becca tenha sugerido dar uma volta, do contrário teria sido apenas mais um dia como os outros e eu teria esquecido de apreciar a beleza dele.

Eu conheço minimamente os arredores, sei o nome das principais ruas e conheço os pontos mais importantes, mas Becca parece estar levando a sério sua função de guia e me explica tudo em detalhes.

— Essa é a igreja presbiteriana.

— Vocês são católicos? — Aproveito a brecha para perguntar, porque lembro de ver a avó dela com um terço no dia que nos conhecemos no hospital.

— Meus avós são até demais. Minha mãe era batista, mas agora é católica também; e eu e os meus irmãos não ligamos muito, mas fingimos que sim pelo bem da família.

— Sei como é.

Na verdade, não sei. Mas essa é mais uma das coisas que não me importaria em ter que lidar se eu tivesse uma família grande e presente como a dela. Parece infinitamente melhor ter um monte de gente pegando no seu pé porque se importa e quer o melhor para você do que se sentir sozinha no mundo.

De qualquer forma, o tema religião nunca chegou a ser um problema na minha casa, eu costumava ir à igreja com minha mãe.

Nem sempre meu pai nos acompanhava, mas eu e minha mãe íamos todos os domingos na Basílica de São Dunstano. Depois, nos meses de calor, a gente passeava na beira-mar e eu tomava um sorvete. "Só uma bola, senão você não almoça", minha mãe dizia.

Sempre me perguntei se o fato de ela ser tão religiosa teria sido um problema, mas gosto de pensar que não, que o amor dela não diminuiria se eu tivesse tido a chance de contar que gostava de meninas em vez de meninos.

Entramos na rua Argyle e logo avisto o Dirty Nelly's, um pub no melhor estilo irlandês que a Eve adora e que me apresentou logo que nos conhecemos.

— Esse pub é bem legal, você conhece? — pergunto à Becca, tentando demonstrar ter o mínimo de vida social.

O que não é verdade, mas, por algum motivo, prefiro que ela não saiba.

— Já estive aqui umas três ou quatro vezes — diz ela sem demonstrar muito entusiasmo. — Eu gosto mais do The Fog.

Chegamos na altura da Igreja Anglicana de São Paulo, e Becca continua a explanação.

— Sabia que esse é o prédio mais antigo da cidade? É de 1749.

Olho para a igreja branca de tábuas atravessadas como se fosse a primeira vez que a visse. Eu passei por essa rua muitas vezes, mas nunca prestei muita atenção, a única coisa que sabia é que o edifício na outra ponta é a prefeitura.

— Muita gente diz que ela é mal-assombrada.

— É mesmo? — pergunto, sentindo meu interesse aumentando exponencialmente. Não que eu acredite em assombração ou coisa assim, mas esse tipo de folclore deixa tudo mais instigante.

— E esse é o Five Fishermen — fala apontando para o prédio do outro lado da rua. — Hoje em dia é um restaurante, mas antes era um necrotério e todo mundo diz que é mal-assombrado também.

— Não é à toa que as pessoas prefiram ir ao Moretti's — brinco e escuto Becca soltar uma risada.

— Eu nunca comi aqui — afirma ela. — Nem sei dizer se é bom.

— Melhor que a comida do seu pai não pode ser.

— Quer experimentar? — pergunta ela assim que nos aproximamos da entrada.

— Agora?

— Ué, por que não? Eu não jantei ainda.

— Nem eu — comento. — Você acha que seus pais vão se importar?

Becca solta uma risada honesta.

— Ninguém da minha família é proibido de comer em outros lugares, Annie — fala, ainda achando graça. — Podemos jantar aqui sem problemas... a não ser que você esteja com medo.

— Eu não tenho medo! — respondo rapidamente.

— Nesse caso... — diz ela, abrindo a porta do restaurante, que tem uma sineta que anuncia nossa chegada. — Depois de você.

— Obrigada.

Entramos e nos sentamos em uma mesa próxima à janela, com vista para a praça. O restaurante é na verdade um *dinner* e, apesar da fama de sobrenatural, até que é bem aconchegante e convidativo.

— Pelo que eu sei — começa Becca —, esse necrotério recebeu os corpos das vítimas do Titanic e da Explosão de Halifax...

— Ah! Semana passada, aquele autor que escreveu sobre a Explosão esteve na biblioteca, mas eu não consegui assistir à palestra, porque tinha muitos livros para repor.

— Eu só lembro do que aprendi na escola — fala Becca, franzindo o nariz de uma forma adorável. — Mas foi, sei lá, dois cargueiros que bateram um no outro na saída do porto e um deles tava carregado de pólvora. A explosão destruiu todo o lado norte da península.

— Puxa — exclamo, impressionada com a história. — Eu moro no lado norte, na rua Gottingen!

— A sua rua foi toda destruída naquela época — comenta Becca. — Teve, sei lá, umas duas mil mortes e boa parte dos corpos foram trazidos pra cá. — Ela aponta para os próprios pés, indicando este mesmo prédio.

Pela primeira vez, sinto um calafrio e olho ao redor com certo receio. Por que alguém achou que era uma boa ideia fazer um restaurante no lugar que foi um necrotério mal-assombrado?

— E as vítimas do Titanic? — pergunto, ainda mais interessada na história.

— Bom, aí eu não tenho certeza de quantas pessoas foram resgatadas do mar, porque, pelo que sei, teve uma tempestade ou coisa assim no dia seguinte ao acidente e os corpos se espalharam pelo Atlântico e muita gente nunca foi resgatada — conta Becca. — Mas, como Halifax era a cidade mais próxima do local do naufrágio, os corpos retirados foram todos trazidos pra cá, inclusive o do J. J. Astor, que era o homem mais rico do navio.

— E você acha que ele ainda tá aqui? — questiono meio ressabiada, olhando ao redor.

Ela eleva os ombros como quem diz "não sei".

— Mas minha *nonna* sempre diz que não dá pra comprar lugar no céu — fala Becca. — Então o fato de ele ser milionário, provavelmente, não fez muita diferença nessa hora.

— Eu só descobri que os corpos das vítimas tinham vindo pra cá quando me mudei, porque a Eve estava obcecada pelo filme.

— Tem o cemitério na saída da península, o Fairview, todos os corpos que não foram reclamados por um familiar estão enterrados lá. Tem, sei lá, uma seção só para as vítimas do Titanic e deve ter pelo menos umas trezentas pessoas, inclusive o J. Dawson, que foi a inspiração do James Cameron para o Jack Dawson, o personagem do Leonardo DiCaprio.

Pelo jeito que Becca conta, posso notar que ela se interessa de verdade por essa parte da história local. Apesar do teor meio mórbido da conversa, é possível ver o brilho nos olhos dela ao falar sobre isso; é aquele brilho típico de alguém que está falando sobre um assunto que sente paixão; e acho isso a coisa mais fofa.

— Eu tô há um mês tentando alugar esse filme — admito.

— Eu tenho uma reserva para esse fim de semana — diz Becca, e abre um sorriso. — Se você quiser, pode ver comigo lá em casa.

— É sério? Eu tô doida pra ver!

— Eu já vi no cinema, mas como quero ver de novo, entrei na fila de espera.

— É tão bom quanto falam? — pergunto, empolgada porque finalmente vou poder assistir ao filme mais falado do momento.

Eu tinha acabado de me mudar para Halifax quando o filme saiu de cartaz e, quando comecei a trabalhar na biblioteca, Eve não parava de falar sobre isso. Foi o assunto favorito dela por dois meses inteiros.

— É melhor! — responde Becca à minha pergunta. — É, sei lá, o melhor filme já feito.

Fico feliz com a ideia de ver o filme com ela. Eu gosto de estar com Becca e sua família. De alguma forma, o otimismo deles me faz acreditar que tudo vai ficar bem e que Marco vai acordar logo.

— Quando você vai pegar a fita?

— Sábado — diz Becca. — Você pode jantar no Moretti's e quando acabar o meu turno a gente assiste. O que você acha?

— Acho ótimo — falo, estendendo a mão para selar nosso compromisso. — Mas só se dessa vez a sua mãe me deixar pagar.

— Aí eu não garanto nada, porque você tem o desconto de família agora — afirma Becca, dando de ombros. — Eles vão ficar ofendidos se você insistir em pagar.

Solto um suspiro exagerado, seguido de um sorriso.

Antes que uma de nós possa falar qualquer outra coisa, nossa conversa é interrompida pela garçonete que vem tirar o pedido.

Apesar da fama, o restaurante é completamente normal e não me pareceu tão mal-assombrado assim. Quer dizer, eu tive a impressão de ver um vulto atrás de mim a certa altura, mas acho que isso pode ser só porque eu estava sugestionada. Ainda assim, minha companhia estava bem viva e era muito mais interessante que meia dúzia de fantasmas.

***

Na quinta-feira, recebo uma ligação da delegacia informando que posso buscar meu carro. Segundo o perito que o examinou, não foi encontrada nenhuma prova de negligência e os freios estavam em perfeito estado, então, na opinião deles, o acidente foi causado, provavelmente, porque eu já estava muito perto quando Marco atravessou a rua.

O fato de ser uma ladeira muito íngreme e de Marco estar fora da faixa de pedestre ajudam meu caso. Ainda assim, não consigo parar de me sentir culpada por tudo.

— A família vai ser avisada? — pergunto.

— Eles receberão um laudo oficial assim que todas as provas forem analisadas.

— E eu?

— Aconselho que não saia da cidade sem nos notificar. No mais, está livre para dirigir.

— Está bem.

Dirijo até a biblioteca e passo o dia todo meio no piloto automático.

É óbvio que me sinto aliviada por saber que a polícia não me culpa e que não vou ser presa ou coisa assim, mas minha maior preocupação nem era essa. Minha maior preocupação é Marco e seu estado de saúde.

— A sua cunhada esteve aqui mais cedo — fala Raj, assim que chego ao Nook no fim do expediente.

— Quem?

— A irmã do Marco — esclarece ele, elevando as sobrancelhas de modo sugestivo. — Eles não se parecem em nada.

— É, eu sei!

— Pra começar, a Becca é supersimpática, tipo, eu nunca conheci uma garota tão simpática antes — compara Raj. — Já o irmão dela nunca nem me olhou na cara.

— Tadinho — falo. — Ele só é tímido.

— Ah, me desculpa, esqueci que ele é o seu namorado agora — zomba Raj.

— Melhor você não falar muito isso na frente da Eve, porque acho que ela está mais bolada comigo por isso do que pelo acidente.

Raj solta uma risada.

— Mas, espera... — falo, me lembrando do começo da conversa. — O que a Becca queria?

— Ah, sim, sim. — Raj parece se lembrar de algo. — Ela deixou isso aqui pra você.

Ele me entrega um livro de bolso meio velho. A capa está amassada, como se alguém tivesse dobrado e depois tentado desdobrar colocando algum peso em cima. A lombada também denuncia a idade: embora ainda esteja colada por completo, dá para ver que ela já foi quebrada pelo uso.

Na capa diz *História de Halifax* em branco por cima de uma foto do Citadel, o forte da cidade. As páginas parecem um pouco amareladas, mas, pela idade do livro, ele até que parece bem cuidado. Quando abro, encontro um bilhete.

> *Eu achei esse livro lá em casa e o capítulo cinco é sobre o necrotério/restaurante onde estivemos. Infelizmente não podia esperar até você sair, mas espero que goste.*
>
> *Becca*

— Eu falei que você estava na palestra no terceiro andar e ela não pôde esperar, então escreveu esse bilhete e deixou comigo — explica Raj.

Fico alguns segundos sem saber o que responder para Raj, porque toda a minha atenção está focada no livro. Ele tem razão, Becca é mesmo a garota mais querida que eu já conheci.

Aliás, toda a família dela é.

— Eu devo te lembrar que ela é a sua *cunhada* — alerta Raj.

— Hã?

— Essa sua cara boboca aí — explica ele. — Isso não é jeito de pensar na irmã do seu namorado.

— Cala a boca — digo. — Ele não é meu namorado de verdade e a Becca é só minha amiga.

— Sei.

— O meu chocolate quente sai hoje? — pergunto, tentando desesperadamente mudar de assunto.

Raj apenas solta uma risada antes de se virar para preparar minha bebida. Eu sei que nem havia feito o pedido ainda, mas como peço a mesma coisa todos os dias, ele nem precisa esperar eu pedir.

Enquanto Raj prepara, vejo um vulto em alta velocidade vindo na minha direção.

— Eu tô pronta — anuncia Eve quando chega ao Nook. — Vamos?

— Só tô esperando o meu chocolate quente — respondo, elevando a voz para que Raj escute. — Mas o serviço está bem meia-boca hoje.

Raj me lança um olhar zombeteiro antes de entregar o copo.

— Obrigad...

— Vamos. — Eve me corta, me puxando pelo braço. — Tchau, Raj.

Escuto o Raj responder enquanto Eve me arrasta para a saída a passos largos.

— Vai com calma que o meu chocolate vai derramar — reclamo, tentando desacelerar o passo e evitar um acidente.

— Eu quero ver como ele está — diz ela, sem diminuir a velocidade.

— Tá, tá, já tô indo — respondo.

No hospital, a maioria das enfermeiras e atendentes já me conhecem, então não tenho problema para convencer elas de que Eve é prima do Marco.

Por sorte, elas nos avisam que Sharon e Mario acabaram de sair daqui e provavelmente nenhum outro parente aparecerá até o final do horário de visita.

Apesar de ainda estar inconsciente, tenho a sensação de que ele está melhorando. Talvez seja só meu desejo de que isso aconteça logo, mas tem algo mais sereno na sua expressão hoje.

Pelo menos a dra. Hunter disse que a atividade cerebral dele já está quase normal.

— Marco! — exclama Eve ao vê-lo ali naquela situação. — Annie, o que você fez?

Apesar de seu tom não ser de acusação e sim de preocupação com ele, a pergunta me pega de jeito.

— Eu sei — respondo apenas, voltando a sentir toda a culpa pelo acidente.

Eve se senta na cadeira de acompanhante ao lado do leito e eu fico de pé do outro lado da cama, com o ombro escorado na parede.

— Você acha que ele pode nos ouvir? — questiona ela.

Ergo os ombros, mas respondo mesmo assim:

— Não sei, de qualquer forma eu tentei explicar que a família dele acha que estamos namorando, mas que, tipo, não é verdade... — falo, coçando a cabeça. — Não que ele não soubesse que é mentira, porque eu nunca nem falei com ele...

— Você devia contar também que tá a fim da irmã dele.

— Eu não tô!

— Annie, dá um tempo! — replica Eve, elevando as sobrancelhas.

— Acho que você tá viajando... — falo para ela, então me viro para o rapaz inconsciente. — Marco, não acredita nela! A Becca é só, tipo, minha amiga... nem isso. Ela é minha conhecida.

— *Cunhada* — corrige Eve com certo rancor.

— Ela não é minha cunhada! — exclamo. — Mas poderia ser a sua.

Eve arregala os olhos então inclina a cabeça na direção do Marco, como se eu não pudesse falar isso na frente dele.

— Ele já sabe que você gosta dele — respondo simplesmente.

— Como é? — pergunta Eve, dando um salto da cadeira.

— Eu contei que você gosta dele e aconselhei ele a te chamar para sair.

— Anne Danielle Fisher!

Agora, sou eu que arregalo os olhos; Eve nunca me chamou pelo meu nome completo antes e não nego que fico com medo. Mas dura apenas um instante.

— Qual é, Eve, ele precisava de um empurrãozinho.

— Parece que você já deu um "empurrãozinho" nele... com o seu *carro*!

— Foi um acidente! — retruco magoada.

— Eu sei, eu sei — fala Eve. — Mas e se ele não quiser me chamar para sair? Ele vai fazer por obrigação.

— Ele não me parece ser do tipo que faria isso por obrigação, meu bem — digo, tentando deixar ela mais calma. — E eu tenho certeza de que ele gosta de você porque a Becca me contou.

— Hã? Ela não pensa que *você* é a namorada dele?

— Sim, sim — falo, gesticulando com as mãos. — Mas ela disse que sabia que ele estava interessado em alguém da biblioteca. E como eu sei que não é em mim nem no Raj, só pode ser em você.

— Por que você acha isso?

— Ora, porque você é a única pessoa com quem ele fala e porque ele sempre se senta de frente para a sua mesa.

— Será? — pergunta ela, parecendo ao mesmo tempo meio desconfiada e meio esperançosa.

— Com certeza — respondo. — Eu vou comprar alguma coisa pra comer na cafeteria.

Eve me olha um pouco surpresa com a mudança abrupta de assunto, mas logo entende que quero deixar os dois a sós.

Ela sorri para mim.

— Obrigada.

Apenas lanço um sorriso para ela e coloco uma mão sobre seu ombro esquerdo antes de sair.

Capítulo 6

Mais uma vez, passo o sábado apenas esperando dar o horário para ir ao Moretti's. Dessa vez, no entanto, não é porque estou com medo, e sim porque estou ansiosa.

Ansiosa para ver o filme, para rever os Moretti, para passar um tempo com Becca...

Nessas duas semanas, eu me apeguei bem mais do que deveria a eles e sei que vou sofrer quando precisar me afastar. Assim como sei que a melhor coisa que posso fazer é não me deixar envolver tanto, mas eu não consigo evitar. Não consigo ficar longe. É como se um espírito me possuísse todas as vezes que estou com eles e quando vejo, já me apeguei mais um pouco.

Tento gastar o tempo escolhendo a melhor roupa; por fim me decido por uma calça jeans, camiseta branca e um cardigã amarelo mesmo. É uma mudança bem-vinda já que durante a semana sou obrigada a usar uniforme: saia tipo secretária, camisa e o pulôver com a logo da biblioteca.

A Eve adora, já eu acho um tantinho estereotipado demais, mas pelo menos não preciso me preocupar com o que vestir para trabalhar. De qualquer forma, fora da biblioteca, prefiro estar confortável e mais informal. E, acima de tudo, usar all star em vez de mocassim.

Quando chego ao Moretti's, a família está de novo reunida na mesa comprida ao lado da janela. Dessa vez, conheço também Jennifer, a esposa do Gigio que estava trabalhando na semana passada. Como suspeitei, ela é loira e alta igual aos filhos, e consigo ver bem o que Alex e Tommy puxaram dela.

Assim como na semana anterior, Mario só se junta a nós na hora da refeição, que dessa vez é um risoto de camarão e lula.

Eu posso entender perfeitamente por que este é o melhor restaurante da cidade. É, sem dúvida, a melhor comida que já provei. O risoto é úmido, sem parecer gorduroso, os grãos de arroz estão no ponto exato que eu gosto, e os camarões e a lula estão tão frescos que se não tivessem cozidos, eu iria achar que estão vivos.

Hoje, como estou mais à vontade, consigo prestar atenção nos detalhes do ambiente e nos funcionários, e noto que a maioria deles usa uniforme.

A Becca, como trabalha no bar, usa camisa branca justa com as mangas puxadas para cima, presas com um elástico, e um colete preto, que sou obrigada a admitir que a deixa gatíssima.

Já os garçons usam uma gravata-borboleta além do colete. Sharon me parece ser a única que não usa uniforme; acho que é uma das vantagens de ser a dona.

O movimento de hoje está igual ao da semana passada com quase todas as mesas cheias e os garçons andando de um lado para o outro sem parar.

Depois do jantar, vejo Becca e Sharon conversando atrás do balcão do caixa; Becca parece pedir alguma coisa e Sharon apenas abre um sorriso e balança a cabeça. Tenho a impressão de que Sharon diz sim para tudo que os filhos pedem. Não porque acho que Becca ou seus irmãos sejam mimados nem nada disso, mas porque acho que Sharon é aquilo que meu pai chama de "coração mole". Minha mãe era assim também, e eu sabia que sempre podia contar com ela e que ela sempre estaria do meu lado, não importava o que estivesse acontecendo.

— Podemos ir — anuncia Becca com um sorriso assim que chega até mim.

— Você não tinha que terminar o expediente? — pergunto, olhando meu relógio de pulso e vendo que ainda é cedo para fecharem o restaurante.

— A minha mãe me liberou.

— As vantagens de ser a caçulinha. — Ouço uma voz masculina dizer atrás de mim e dou um pulo. Quando me viro, vejo Gigio com um sorrisinho provocador. — Eu não tinha essa vida boa.

— Primeiro, você nunca nem trabalhou no restaurante — responde Becca. — E segundo, a mamãe deixava você sair com a Jennifer o tempo todo.

— Ei! Eu trabalhei por dois meses como garçom — retruca ele, parecendo ofendido com esse apagamento da sua história. — E a Jennifer era a *minha* namorada.

Gigio não tira o sorriso provocador do rosto nem por segundo, mas tenho a impressão de que Becca fica um pouco desconfortável com a ênfase que ele deu.

Ela limpa a garganta antes de responder:

— Você não tem mais nada pra fazer além de atormentar a minha vida?

— Na verdade, não — fala Gigio, abrindo ainda mais o sorriso.

— Como é possível você ter trinta e seis anos e parecer um moleque de doze?

— Eu tenho um espírito jovem. — Ele se defende e dá de ombros.

Becca finalmente cede e solta uma risada junto a um revirar de olhos.

Eu já notei que a dinâmica deles é sempre assim: um pegando no pé do outro. Mas nunca de uma maneira agressiva, sempre apenas para se divertir.

Às vezes, tenho a impressão de que perdi algo muito importante na minha formação por ser filha única. Não sei, mas é que, tipo, parece que tem coisas que só a vivência com irmãos é capaz de ensinar. E agora eu tenho que tentar correr atrás para descobrir o que é.

— Vem, Annie — chama Becca, me puxando pelo pulso. — Não dá bola pra esse bocó.

— Divirtam-se — grita Gigio assim que começamos a caminhar em direção à escada que leva ao segundo andar.

— Obrigada — respondo, virando o rosto para ele e compartilhando um sorriso.

Becca e eu subimos a escada em silêncio.

Mesmo já conhecendo a casa, a vista da janela da sala continua me impressionando, mesmo à noite.

— Você gosta de pipoca? — pergunta Becca enquanto joga as chaves em um pequeno cesto de palha que fica em um aparador de madeira.

— E alguém não gosta?

— A minha ex-nam... — Becca pausa. — Uma amiga minha não gosta...

Epa!

Espera um minuto aí.

Ela ia dizer ex-*namorada*, não ia? Porque, para mim, pareceu que ia sim.

— Enfim, foi a única pessoa que eu conheci... — continua Becca. — Doce ou salgada?

— Hã? — pergunto, ainda com o pensamento no fato de ela ter tido uma *namorada*.

— Pipoca — diz ela. — Você prefere doce ou salgada?

Becca parece meio sem jeito, então me apresso para responder. Não gosto desse clima tenso que se forma de repente e tento fazer com que ele se dissipe logo.

— Gosto das duas.

— Minha *nonna* tem uma receita de pipoca doce que é, sei lá, a melhor do mundo — conta Becca. — Que tal?

— Se tem o selo de qualidade da Nonna Rosa, eu tô dentro.

— Só não se empolga muito porque sou eu que vou preparar — diz ela, já caminhando na direção da cozinha. Eu a sigo.

— Eu vou confiar na força da sua linhagem — respondo, me encostando em uma das bancadas.

Becca solta uma risada e começa a abrir os armários em busca dos ingredientes.

— Obrigada por me emprestar o livro — agradeço, me lembrando de repente.

— Você gostou?

— Eu adorei — falo, animada. — Aqueles relatos de aparições são superbizarros! Você leu aquele do velho de cabelo comprido e sobretudo que é, tipo, de outra época?

— É o que apareceu para várias pessoas, mas em dias diferentes? — pergunta enquanto coloca o milho de pipoca em uma panela.

— Esse mesmo!

— Essa é a melhor história de todas porque meio que prova que é real — afirma ela. — Porque, sei lá, se for uma alucinação, é uma alucinação coletiva.

— Eu não tenho certeza se teria concordado em jantar lá se tivesse lido essas coisas antes.

— Qual é, Annie, todo o charme do lugar tá nos fantasmas — diz Becca, tampando a panela em que os milhos estão começando a estourar. — E eles são inofensivos, nenhum nunca fez mal pra ninguém ali.

— Que você saiba — comento e ela apenas solta uma risada.

Voltamos a ficar em silêncio por mais alguns minutos, mas dessa vez não tem nada de constrangedor. Eu até gosto de assistir Becca concentrada preparando a pipoca.

Confesso que a receita é bem mais elaborada do que eu estava esperando e me perco no meio do processo, mas o cheiro de pipoca e caramelo começa a se alastrar e é *delicioso*.

Não sei por que a tal garota que não gosta de pipoca é, tipo, ex e não atual, mas alguém não gostar de pipoca é um desvio de caráter, na minha opinião. Então tenho certeza de que Becca está melhor sem ela.

Até porque os Moretti, além de cozinharem divinamente, são a família mais incrível que já conheci.

Chega a ser injusto algumas pessoas nascerem em uma família assim e outras terem uma relação como a que tenho com meu pai.

Embora não possa evitar ter um pouco de inveja, eu não fico chateada por *eles* serem assim, até porque eles merecem. É só que eu queria poder fazer parte também de alguma forma.

— *Voilà* — diz Becca assim que despeja a pipoca caramelada pronta em uma cumbuca grande. — Preparada para a melhor experiência cinematográfica da sua vida?

— Depois dessa propaganda toda, se esse filme não for bom, nunca mais falo com você — brinco.

— Eu vou deixar você decidir depois que acabar.

Olho no meu relógio de pulso e vejo que já são nove horas da noite.

— Ele tem, tipo, umas três horas, né?

— Você tem hora para voltar? — pergunta Becca, parecendo preocupada de repente.

— Não, não, é só pra saber...

A verdade é que eu estou um pouco traumatizada e estava evitando dirigir à noite, mas acho que está meio tarde para pensar nisso agora. Além do mais, quero muito ver o filme com ela.

— Tem certeza?

— Tenho!

Vou confiar que as chances de eu atropelar duas pessoas no mesmo mês são baixíssimas e que não preciso me preocupar com isso.

Becca assente e me leva até a sala de vídeo, que, assim como a sala de visitas, é enorme. O que eu acho que faz sentido, já que a família também é enorme e todos precisam caber no sofá.

Quando entramos, Becca fecha a porta e indica o sofá de frente para a TV de vinte e nove polegadas. Acato a sugestão e me sento com a bacia de pipoca no colo.

A televisão fica sobre um rack de mogno moderno e muito bonito que ocupa toda a parte inferior da parede, e abaixo da televisão está o aparelho de videocassete, que também parece bem moderno. Com certeza mais moderno que o meu, que eu trouxe de Charlottetown e pertencia à minha mãe.

Acima do rack, tem uma estante e, nela, consigo ver vários VHS organizados lado a lado. Da distância que estou, não dá para ler direito as etiquetas, mas sei que não são fitas comerciais, então imagino que sejam vídeos caseiros de família; tipo, aniversários, batizados, essas coisas.

Continuo explorando a sala e encontro uma câmera guardada no outro lado da estante, o que responde à minha dúvida de que são mesmo filmes caseiros. Me pego pensando se por acaso tem vídeos da Becca criança. Eu aposto que ela era uma criança superlevada e faladeira.

— São duas fitas — fala Becca sobre *Titanic*, fazendo minha atenção se voltar de novo a ela. — Porque o filme é muito grande, então, se por um acaso você estiver cansada ou coisa assim, a gente pode continuar amanhã — conclui ela enquanto coloca a primeira fita para rodar.

— Eu vou ver esse filme completo hoje nem que eu tenha que colocar palitos de fósforo nos olhos, igual ao Pernalonga — brinco. — Eu não aguento mais ouvir as pessoas falando dele e só eu não entender.

Esse filme é, tipo, a maior febre do ano; ninguém fala de outra coisa e em todo lugar que você olha tem foto da Kate Winslet e do Leonardo DiCaprio. Até a Eve, que já tem *vinte e três* anos, tem uma agenda com esses dois na capa. Dá para acreditar?

Enfim, a questão é que eu preciso saber qual é o lance com esse filme.

Becca solta uma risada e se senta a meu lado.

— Eu acho que fui a única pessoa que não assistiu no cinema — digo enquanto ela se ajeita.

— Eu não queria te deixar triste, mas você perdeu uma experiência incrível.

— É, eu sei, mas foi bem na época que eu estava me mudando para cá, e as coisas com o meu pai estavam meio estranhas — explico. — Aí eu meio que não conseguia focar em mais nada enquanto estava lá e, quando cheguei aqui, já tinha saído de cartaz.

— Eu sinto muito sobre esse lance com o seu pai.

— Tá tudo bem, já tá resolvido.

É parcialmente verdade, porque, para mim, está resolvido: não pretendo me estressar com isso. Se está resolvido para meu pai também é que eu não sei.

— Fico feliz — diz Becca com um sorriso empático, que me esforço para corresponder. — Posso dar play?

— Por favor! — respondo.

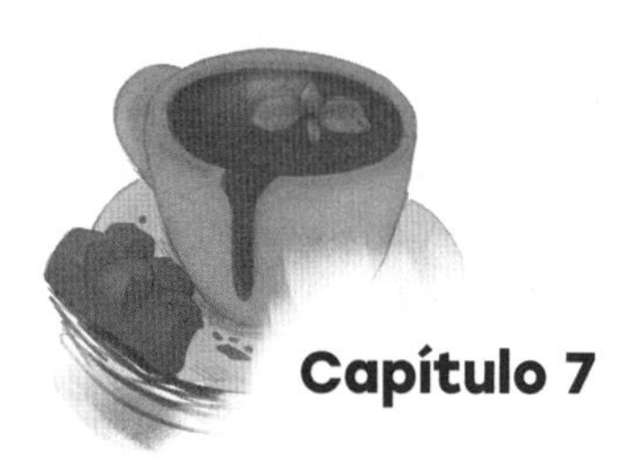

Capítulo 7

Enquanto os trailers passam, aproveito para me aconchegar melhor. Pego a almofada que está ao lado, coloco atrás das costas e escorrego um pouco no sofá, deixando minha cabeça apoiar no encosto. Não demora muito para a música da 20th Century Fox anunciar que o filme está começando.

Sinceramente, eu estou tão curiosa que presto atenção até nessa vinheta para não correr o risco de perder nenhum detalhe.

A música inicial do filme e as imagens do Atlântico Norte já me causam um arrepio e, pela primeira vez, começo a entender a obsessão da Eve e de todo o mundo; e aquilo que Becca falou sobre ser uma experiência cinematográfica única.

Enquanto o filme vai evoluindo, me pego hipnotizada pelo começo mostrando os destroços, pela Rose velhinha vendo seu desenho, pela cena em que ela começa a contar sua versão da história e vemos pela primeira vez o navio em sua glória total, por *tudo*.

Por cada detalhe.

Não consigo piscar, não consigo falar, não consigo nem pensar em nada que não seja o que eu estou assistindo.

Eu, em geral, falo bastante vendo filmes e a Eve sempre briga comigo porque eu nunca fico quieta; e tive a impressão de que Becca também era assim por causa do nosso jantar no Five Fishermen. Mas nem eu nem ela falamos nada durante toda a primeira hora.

Eu sempre gostei de história e sempre gostei de filmes de aventura, então esse começo me pega mesmo de jeito. Entretanto, imagino que meu interesse vá decair assim que o romance começar.

Romance não é meu gênero preferido e, via de regra, não costumo ter sorte nessa área da vida também. Agora mesmo, estou namorando um cara que está em coma. E eu nem gosto de homem. Entende o que eu quero dizer?

Mas a cena que Jack salva Rose de cair do navio chega e me pego entretida pela personalidade insolente dela e o espírito livre dele. E uma cena emenda na outra e eu nunca perco o interesse. Nunca fico entediada como achei que ficaria.

De repente, já estou torcendo por eles sem nem perceber e desejando que ele também sobreviva, mesmo sabendo que ela se casou com outro homem, como foi falado no começo da história. Quando Rose finalmente cede e os dois se beijam pela primeira vez, fico tão feliz que até comemoro.

Pensando bem, até que a agenda deles que a Eve tem é bem bonitinha. Talvez eu compre uma para mim.

Nesse momento, a cena volta ao presente, com a Rose idosa contando que o beijo deles foi ao pôr do sol da noite do naufrágio. A mudança para o presente meio que me tira do transe em que estava e percebo que minha mão está na bacia de pipoca.

Não sei há quanto tempo está ali, porque nem lembro de ter provado a pipoca. Mas isso não é a parte mais constrangedora dessa situação.

A parte constrangedora é que percebo que a Becca também está com a mão ali.

Sobre a minha!

Não faço a menor ideia há quanto tempo estamos "de mãos dadas", mas acho que ficamos tão entretidas que apenas esquecemos de comer a pipoca.

Fico sem saber o que fazer, porque minha mão está por baixo e não tenho certeza se a Becca já notou que está com a mão sobre a minha. Ela parece hipnotizada pela TV e mal pisca.

Será que eu deveria apenas puxar a mão e fingir que não foi nada?

A mão dela é quente e macia, diferente da mão do Marco que segurei no hospital, e me pego questionando como seria segurar sua mão de verdade. Tipo, sem a pipoca e com minha mão virada para a dela.

Eu não sei se deveria estar pensando nisso, mas agora é tarde.

O filme volta ao passado, no navio, e, embora eu esteja vendo o filme pela primeira vez, sei exatamente qual cena está por vir. Ela estava em todos os trailers, e Raj e Eve falaram dela por meses: a cena em que Jack desenha a Rose nua.

De repente, começo a sentir certa urgência de tirar minha mão da mão da Becca. Não sei explicar, mas começo a me sentir constrangida do nada, não que a cena seja constrangedora, na verdade ela é muito bonita, mas é que, tipo, ela tem uma conotação estranha para estarmos de mãos dadas.

Não tem?

Claro que tem!

Decido que preciso tirar minha mão antes que as coisas evoluam ainda mais entre os personagens e eu comece a sentir as mãos suando. Até porque não quero comer pipoca molhada.

Desisto da ideia de tirar em um puxão e começo a pensar que a melhor maneira talvez seja tentar tirar devagar. Becca está tão entretida que é possível que nem note o movimento.

Coloco o plano em prática, mas, de repente, Becca segura minha mão com mais força. Levo um susto com sua reação e me viro para ela. Só quando ela nota meu movimento e se vira para mim é que parece entender o que está acontecendo; ela me olha nos olhos, então para nossas mãos e solta a minha tão rápido que parece que levou um choque.

Noto que ela havia segurado apenas por instinto e nem percebeu o que estava fazendo.

— Me... me desculpa — gagueja. — Eu não vi que era a sua mão.

Ela parece constrangida e eu me lembro mais uma vez da informação de que ela tem uma ex-namorada. Uma ex-namorada. Uma mulher assim como eu. Não, não como eu, porque tenho bom gosto e adoro de pipoca. Assim como Becca também gosta.

Eu não deveria estar pensando essas coisas.

Foco, Annie!

— Tudo bem — falo, sem conseguir tirar os olhos dela.

— Eu acho que estava muito entretida.

— Eu também.

Ela está com a cabeça apoiada no encosto do sofá virada para mim, espelhando minha posição.

— É, hum, é melhor a gente voltar pro filme — digo em um sussurro para ela.

Ela está tão perto que, pela primeira vez, me permito reparar um pouco mais no seu rosto e percebo detalhes novos. Como as duas pequenas cicatrizes de catapora na bochecha e testa e o formato levemente arrebitado do seu nariz, que ela sem dúvida puxou da mãe, já que não se parece em nada com o do Mario ou dos irmãos. Reparo também nos seus lábios, não são cheios demais, e, ao mesmo tempo, parecem bem macios e beijáveis...

Eu não deveria estar pensando nisso também.

Merda!

— Uhum — responde Becca.

Eu não sei com o que ela está concordando porque já esqueci o que eu havia falado, mas acho que não deve ser sobre um possível beijo.

De repente, ela vira mais uma vez para a TV e lembro que foi isso que eu sugeri, que voltássemos a ver o filme. Então é isso que faço também.

Só que, assim que me viro, dou de cara com Rose e Jack nus em uma cena de amor.

Que ótimo! Tudo que eu precisava!

Me sinto tão desconfortável que fico sem saber direito o que fazer e começo a rezar para que o tal iceberg apareça logo. Becca se remexe a meu lado e se afasta um pouco de mim, deixando um espaço entre nós.

São minutos constrangedores, mas meu apelo é finalmente atendido e logo assisto ao Titanic colidir com o iceberg. E como em um passe de mágica, volto a ficar hipnotizada.

Esse filme é mesmo uma experiência.

E levo até um susto quando aparece o aviso de que a primeira fita acabou.

— Como assim acabou? — pergunto, estranhando.

— Já foi uma hora e quarenta, tá mostrando ali no visor do videocassete.

— Nossa, nem vi o tempo passar.

— Eu sei — fala ela, colocando a primeira fita para rebobinar antes de poder trocar. — Passa muito rápido, né?

— Sim! — exclamo. — Você tinha mesmo razão.

Ela abre um sorriso largo que é impossível não retribuir.

— Você quer comer mais alguma coisa? — pergunta ela. — Tava pensando em pegar uns chocolates ou um salgadinho.

— Eu tô bem, mas pode pegar pra você. Eu troco a fita quando acabar de rebobinar.

— Vou levar essa bacia — diz ela e sai da sala.

Me levanto para pegar a segunda fita e perco alguns minutos vendo as fotos e lendo os textos atrás de cada capa.

Assim que a fita fica pronta, troco pela segunda e pauso para esperar a Becca. Ela volta poucos segundos depois com uma bandeja cheia.

— Eu sei que você disse que não quer, mas eu trouxe mesmo assim.

Abro um sorriso, porque ela é igual aos pais e a seus *nonni*. Eles também não me deixam comer pouco.

Na bandeja, tem dois copos com refrigerante, alguns chocolates e duas bacias de salgadinho.

Duas.

Uma para cada uma.

— Eu não acredito que o capitão ignorou todos aqueles avisos — falo sobre o filme enquanto ela se acomoda de novo. — Tipo, é absurdo pensar que o acidente poderia ter sido evitado.

— Espera só pra você ver o resto — diz ela. — É muito tenso ver o navio afundando.

— Eu já fiquei toda arrepiada só com a colisão.

— Se prepara então — avisa ela, pegando o controle da minha mão.

Sinto a ponta dos dedos dela roçar de leve minha pele.

Pensando bem, acho que é mais seguro mesmo ter duas bacias de salgadinho. É melhor evitar mais constrangimentos.

— Posso dar play? — pergunta ela.

— Uhum.

Sinceramente, se eu já achei a primeira parte do filme incrível, *nada* me preparou para a segunda.

Minha nossa Senhora!

Como uma única pessoa pode ter escrito e dirigido isso?

Quer saber? Se a agenda da Eve sumir, eu não me responsabilizo.

Fico nervosa com as cenas de ação, irritada nas cenas com o Cal ou a mãe da Rose, fico desesperada todas as vezes que Rose e Jack escolhem um ao outro em vez do bote salva-vidas, ao mesmo tempo que desejo um dia me sentir assim também. Choro na cena dos músicos, choro nas cenas das crianças, choro na cena do Jack.

Choro.

Choro.

Choro.

Quando o filme acaba e "My Heart Will Go On", uma música que até três horas atrás eu odiava, começa a tocar, eu choro de novo.

Por que ninguém me avisou?

Acho que estou sendo injusta, porque *todos* me avisaram. Ainda assim, não estava preparada.

— Você tá bem? — pergunta Becca assim que coloca a segunda fita para rebobinar. Ela tem um leve sorriso no rosto, como se estivesse se divertindo vendo meu estado lamentável.

— Acho que não — falo, ainda fungando.

Ela solta uma risada e me entrega uma caixa de lenços, que não faço ideia de onde possa ter surgido. Acho que ela me nota franzindo as sobrancelhas, então responde mesmo sem eu perguntar:

— Achei que talvez fosse necessário e deixei aqui a postos.

— Obrigada — agradeço, aceitando a oferta.

— Eu te disse!

Apenas concordo com a cabeça antes de assoar o nariz. Por sorte, o clima não volta a ficar estranho e passamos algum tempo apenas conversando.

Eu gosto de estar com ela, mesmo agora em que não estamos fazendo nada demais, apenas conversando sobre o filme a que acabamos de assistir, e me pego querendo adiar mais e mais a hora de ir embora.

Quando finalmente vou, já é madrugada e só quando chego em casa me lembro que estava com medo de dirigir à noite.

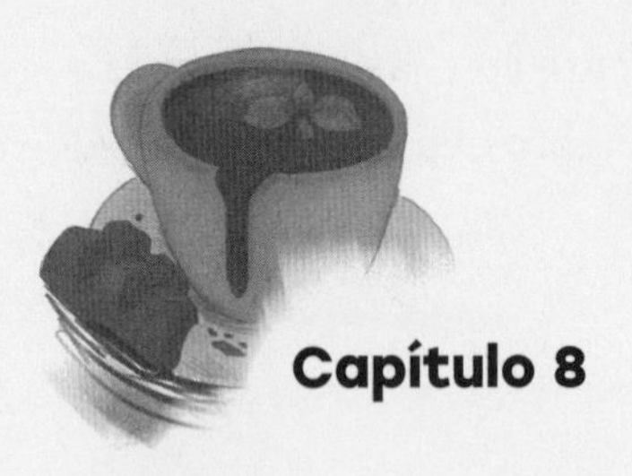

Capítulo 8

— Um burro, isso que ele é! Sempre confiando na pessoa errada.

— Ele é uma criança, Pete — argumenta Mary.

— E daí?

— E daí que ele só tem doze anos e já teve que lidar com morte, piratas, traição e uma viagem de barco pelo Atlântico — diz Mary. — Eu acho que ele tá se saindo muito bem.

— Eu também — concorda Christie de maneira tímida. — E eu acho ele bem esperto e leal.

— Porque ele é mesmo! — apoio Christie.

Essa semana começamos a ler *A ilha do tesouro*, de Robert Louis Stevenson, para o clube de leitura, mas ainda estamos no começo. Lemos as partes I e II.

— Na minha opinião, a maioria dos problemas até agora poderiam ter sido evitados — comenta Pete.

Pete sempre parece grande demais para as cadeiras da biblioteca, como se fosse um adulto sentado em uma cadeira infantil. Seus dois metros o fazem ter quer ficar com os joelhos dobrados enquanto apoia as mãos sobre ele. Essa posição, de alguma forma, sempre faz seus comentários soarem um pouco mais cômicos do que ele gostaria.

— Mas aí não teria história, não é? — falo para o Pete.

Ele me olha desconfiado.

— Se tudo desse certo, qual seria a graça? — completo.

— É, pode ser — constata ele franzindo a testa, um pouco contrariado.

— Vale lembrar que essa é uma das obras mais importantes da literatura infantojuvenil — diz Eve com seu tom de mediadora. — E todo o estereótipo que temos hoje de piratas, desde a perna de pau, passando pelo papagaio e o x marcando o local do tesouro foram criados por Stevenson neste livro.

— Confessa que você ficou morrendo de vontade de estar no lugar do Jim Hawkins, Pete — provoca Mary sorrindo.

— Talvez — confessa ele, se recusando a dar o braço a torcer.

Todos soltam uma risada enquanto olho meu relógio de pulso.

— Pessoal, por hoje o nosso tempo está acabando — anuncio. — Como a próxima segunda-feira é Dia de Ação de Graças, a biblioteca não vai abrir, então nosso próximo encontro é em duas semanas.

— A meta para o próximo encontro são as partes III e IV, está bem? — pergunta Eve. — Não se esqueçam de renovar o livro antes de saírem para não pagarem multa.

Em poucos minutos, todos se despedem e finalmente estamos dispensadas, já que o clube do livro é sempre nosso último compromisso nas segundas.

Assim que saio da biblioteca, decido ir ao hospital. Sinto que preciso ver o Marco, preciso falar com ele sobre o que está acontecendo.

***

— Eu sei que no outro dia neguei o que a Eve disse sobre... hum, você sabe... aquilo de eu estar interessada na sua irmã — falo para Marco, que continua desacordado. — Bem, a verdade é que tentei evitar, mas você conhece a Becca melhor do que eu, e sem dúvida sabe que ela é uma pessoa, tipo, difícil de ignorar.

"Eu sei que você deve tá pensando: 'Eu tô numa situação bem mais séria aqui, Annie'. É, eu sei, eu sei. Não é justo ficar te alugando, sobretudo porque você tá aqui por minha causa. Mas, não sei, sinto que preciso te contar, sabe? Não porque você é o meu pseudonamorado, inclusive, desculpa de novo por isso, mas porque, tipo, você é o único que conhece a Becca também e eu acho que você deveria saber.

"Nem sei se ainda tô fazendo sentido, mas é que, tipo, no sábado eu jantei com a sua família mais uma vez e não sei se você sabe a sorte que tem por ter uma família tão maravilhosa. Eles são incríveis, de verdade! Sabe, eu só tenho o meu pai e a gente não se dá muito bem. Infelizmente.

"A minha mãe era muito amorosa, tão amorosa quanto a sua, mas já vai fazer dez anos que ela morreu e confesso que já tinha esquecido como era ter uma família, sabe? E a sua família meio que me relembrou de tudo aquilo que eu perdi.

"Espero que você não fique com ciúmes, nem me ache muito abusada, mas confesso que tenho aproveitado o fato de eles acharem que a gente tá namorando. Eles sempre parecem tão sinceros quando falam que eu faço parte da família agora que eu só não consigo desmentir. Não consigo ignorar.

"Você acha que um dia vocês vão me perdoar por ter te atropelado e por ter mentido? Eu não culparia nenhum de vocês caso não perdoassem...

"Você deve tá se perguntando o que diabos a Becca tem a ver com isso, já que comecei falando dela. Bom, acho que não tem um jeito fácil de dizer isso, então é melhor ir direto ao ponto."

Respiro fundo antes de falar:

— Eu acho que gosto da sua irmã.

Espero por alguma reação de Marco que nunca vem, então continuo:

— Tipo, gosto dela como a sua família acha que eu gosto de você... não que eu não goste de você, não é isso. Quer dizer, eu mal conheço você, mas acho que já posso te considerar um amigo.

"Eu sei que você deve tá pensando: 'Amigos não atropelam um ao outro, Annie'. Bem, é verdade. Mas o que eu quero dizer é que eu gosto de você e da sua família, mas eu, tipo, gosto, *gosto* da Becca.

"Como namorada, sabe?

"Acho que acabei de sair do armário pra você, então talvez seja melhor falar com todas as letras: eu sou lésbica. Se bem que acho que depois do que a Eve disse aquele dia você meio que já desconfiava disso."

Era de se imaginar que Marco estar incapacitado de ter reações facilitaria a experiência de sair do armário, mas, na verdade, estou sentindo o corpo todo tremendo e as mãos suando.

Como não sei se Marco sabe sobre a Becca ter uma "ex--namorada", decido desviar dessa parte, porque não quero correr o risco de tirá-la do armário para o irmão. Além do mais, ela não me contou nada.

— A Becca ficou muito feliz por você, quando descobriu que estava namorando — continuo falando com Marco. — É nítido o quanto a sua irmã gosta de você, você tem muita sorte... quer dizer, não nesse momento que está inconsciente... — pauso.

Deus, será que não consigo falar uma frase sem meter os pés pelas mãos?

Solto um suspiro.

— Enfim, ela tem feito de tudo para que eu me sinta parte da família e vive me contando coisas sobre a sua infância, como se quisesse compensar o fato de você mesmo não poder estar comigo.

"É claro que ela nem sonha que penso nela desse jeito, porque ela meio que acha que eu sou uma boa pessoa, coisa que sabemos que não sou. Mas a Becca é! E quanto mais eu a conheço, mais difícil fica ignorar essas coisas.

"Você conhece a sua irmã há bem mais tempo que eu, deve saber do que eu tô falando, né? Tipo, aquele jeito caloroso de falar com as pessoas, a presença impossível de ignorar, a forma como ela parece que tá flutuando quando anda. Sério, como ela faz isso? Eu não consigo andar cinco metros sem esbarrar em alguma coisa e a Becca parece que nem encosta no chão tamanha sua graça.

"Sem contar em como ela é *gata*! Minha nossa!

"Eu sei que você deve tá pensando: 'Ela é minha irmã, Annie. Eca!', mas é verdade, Marco. Ela é, tipo, a garota mais linda que eu já conheci, sem sombra de dúvida. Mas, enfim, não precisa se preocupar com isso, porque eu sei que ela jamais olharia para mim, até porque Becca nunca trairia *você*.

"Bom, acho que já te aluguei bastante hoje, é melhor eu ir. Já tá ficando tarde e não quero correr o risco de fazer mais alguma vítima no trânsito. Foi bom conversar com você, Marco. Assim que puder eu volto para te ver e trago a Eve junto. Fica bem logo, por favor!"

Antes de sair do quarto, coloco um pouco de água no vaso de margaridas que a Sharon e a Nonna Rosa trouxeram essa semana e já estão meio murchinhas. São aquelas minimargaridas e estão plantadas em um vaso de terracota que fica perto da janela. Como não tem regador no quarto, uso um copo descartável e pego água do bebedouro.

Quando acho que já é o suficiente, me despeço mais uma vez e saio, mas, assim que vou entrar no elevador, quase sou atropelada por cinco pessoas.

Mas não cinco pessoas quaisquer. Cinco Moretti.

— Annie! — Escuto a minha pseudosogra exclamar. — Que bom te encontrar aqui, querida.

Tenho a impressão de que ela tem os olhos úmidos, mas, como ela logo me puxa para um abraço, não consigo afirmar com certeza.

— Ela veio ver o Marco, *che bella* — diz Nonna Rosa antes de me beijar nas duas bochechas.

Toda vez que ela me cumprimenta, eu consigo sentir o cheiro de talco que imagino que ela use e, agora, na minha cabeça, esse é o cheiro que uma avó carinhosa tem.

Eu não conheci minha avó materna e a mãe do meu pai mora do outro lado do país e eu quase nunca a vejo, então não estava acostumada com "avós".

— Um homem de sorte, nosso Marco — aponta Mario para a Nonna Rosa.

— É *vero* — concorda Nonno Pepe.

Depois de ser abraçada e beijada por todos os outros, chega a vez da Becca. Pela primeira vez, sinto ela um pouco hesitante antes de me abraçar.

Será que é por causa de sábado?

Apesar da hesitação, ela me abraça.

E o cheiro dela, *definitivamente*, não é de talco. É um cheiro gostoso, meio cítrico que não sei identificar direito, mas que gosto bastante.

— Annie, querida — fala Sharon assim que Becca me solta —, você já tem compromisso para o Dia de Ação de Graças? Seria maravilhoso se você passasse com a gente.

— Que ótima ideia! — afirma Nonna Rosa e é apoiada por Nonno Pepe e Mario.

Sinto uma sensação estranha na garganta.

— Não tenho compromisso — falo. — Eu adoraria passar com vocês.

Vejo Becca e a mãe trocando um olhar e um sorriso e desconfio que elas tenham conversado sobre o assunto antes.

— Que bom, querida — diz Sharon, e eu ganho mais um abraço caloroso. — Você quer entrar com a gente e ficar com o Marco mais um pouquinho?

— Obrigada, mas eu tenho que ir — explico. — Na verdade, já fiquei até mais tempo que eu devia hoje.

— Tá bom — responde Sharon. — A gente te espera no feriado, então.

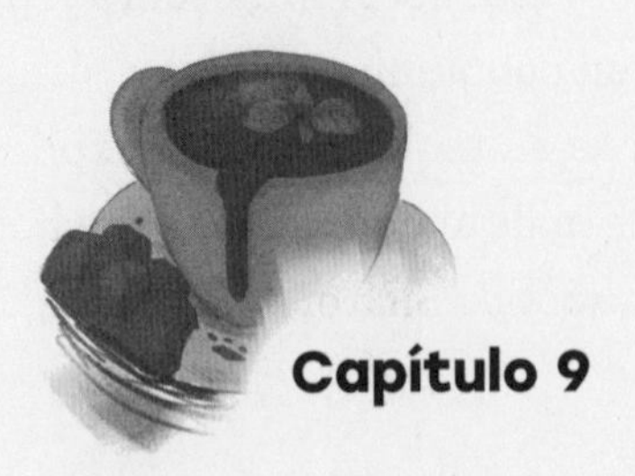

Capítulo 9

Não vejo os Moretti pelo resto da semana.

Na sexta, depois do trabalho, dou mais uma passada no hospital para ver o Marco e a enfermeira me diz que a mãe e a irmã dele saíram um pouquinho antes de eu chegar.

Melhor assim.

Não vou poder continuar com essa farsa para sempre, então, para meu próprio bem, é melhor diminuir a frequência dos nossos encontros.

Hoje faz três semanas desde o acidente e tudo que consigo pensar é que, para o Marco, essas três semanas simplesmente não existiram. Ele deve ter perdido a tal apresentação importante, que talvez fosse uma oportunidade única; algo que ele tenha dedicado muito tempo e esforço, mas que agora parece pouco importante diante da possibilidade de que ele tenha alguma sequela grave.

Eu tento não pensar nisso durante o fim de semana e ocupo minha mente com qualquer outra coisa, mesmo que essa coisa seja a irmã dele. Algo que eu também não deveria pensar, é verdade, mas que é igualmente difícil de evitar.

Domingo de manhã é o pior dia. Como não tenho nada para fazer, os pensamentos intrusivos começam a me atacar, então tento arranjar qualquer coisa para me distrair: arrumo meus livros na estante por ordem alfabética, tento tricotar um cachecol, etiqueto os condimentos e todas as latas que aparecem pela frente na cozinha e, por fim, tenho a ideia de fazer um bolo para levar amanhã no jantar de Ação de Graças. Não seria educado ir de mãos abanando e, além do mais, esse é um projeto que vai me manter entretida pelo resto do dia.

Eu não costumo cozinhar, porque acho muito chato preparar refeições só para mim, mas sei fazer algumas coisas. Esse bolo, por exemplo, é uma receita da minha mãe. Ela sempre me deixava ajudar e por isso eu sei a receita quase toda de cabeça. *Quase*!

Então procuro pelo caderno de receitas que um dia foi dela e que, agora, é minha herança e uma das minhas melhores fontes de lembranças com ela. Confiro a lista de ingredientes e, como suspeitava, não tenho quase nada em casa. Dessa forma, não me resta alternativa senão dar um pulo no mercado.

Como a mercearia perto da minha casa não abre aos domingos, tenho que dirigir até o Atlantic, um mercado maior em South End, mas como disse, não me importo, é melhor me manter ocupada. Assim que chego, noto que o mercado está lotado.

Pelo visto, todo mundo deixou para fazer as compras de Ação de Graças hoje.

Vai ver é por isso que nos Estados Unidos o Dia de Ação de Graças é sempre em uma quinta-feira, e não em uma segunda como aqui no Canadá. Assim, as pessoas não se aglomeram no domingo da véspera para comprar couve-de-bruxelas e batata para o purê. O movimento lá deve ser, tipo, mais espalhado pela semana.

Se bem que acho que não importa o evento, as pessoas sempre deixam tudo para a última hora no mundo todo.

Estou distraída tentando desviar de uma senhora escolhendo frutas secas quando sinto o impacto do meu carrinho colidindo em outro.

— Santa Mãe de Deus! — exclamo.

O impacto é tão forte que bato com a barriga na barra do carrinho. Já o carrinho que eu atingi, que parece bem cheio, corre para trás acertando sua dona no quadril.

— Aaai! — Ela solta um grito, que suponho ser mais de susto do que de dor.

Corro até ela e vejo que é a...

— Becca! — brado.

— Annie?!

— Minha nossa, me desculpa, você se machucou? — pergunto e, quando me dou conta, minhas mãos já estão no quadril dela para checar onde o carrinho a atingiu.

Confesso que demoro um tantinho mais do que o ideal para notar que isso não é lá muito apropriado e, de repente, sinto meu rosto começando a ficar quente.

— Nã... não — gagueja ela. — Tá tudo bem.

Me afasto assim que percebo que estou, tipo, invadindo o espaço pessoal dela.

Francamente, eu não acredito que atropelei *mais um* Moretti.

Tô começando a pensar que sou, tipo, a *kryptonita* dos Moretti. Pra ser sincera, eu nunca vi nenhum filme do

Super-Homem e não tenho certeza do que a *kryptonita* faz com ele, mas imagino que não seja algo bom.

Pelo bem dessa família, eles deveriam é ficar bem longe de mim!

— Tem certeza de que você tá bem? — pergunto a Becca.

— Claro — responde ela. — Relaxa, Annie.

— O que você tá fazendo aqui? — questiono.

— Compras — explica com uma risadinha, como se fosse óbvio.

É claro que ela está fazendo compras... que pergunta idiota! Por que ela sempre me faz agir como uma bocó?

— Eu pensei em levar um bolo amanhã — falo, tentando soar como uma pessoa adulta. — E esse era o único mercado aberto hoje mais próximo de casa.

— Você não precisa levar nada, não. Vai ter bem mais comida do que a gente é capaz de comer, pode ter certeza.

— Eu quero — respondo. — É uma receita da minha mãe que faz muito tempo que não faço, mas queria fazer pra vocês.

Eu vejo Becca esboçar um meio-sorriso.

— Nesse caso, tenho certeza de que todos vão querer provar.

— Só falta escolher as frutas — digo. — E você?

— Já estou acabando também — responde ela. — Você quer me acompanhar?

— Claro!

— Eu tenho que escolher as cerejas — fala ela. — E se eu não escolher as cerejas certas, minha mãe vai ficar bolada. Pra ser sincera, nem sei como ela me deixou fazer as compras sozinha esse ano.

— E onde ela tá?

— Lá com o Marco — explica Becca. — Ela e a minha *nonna* queriam fazer, tipo, um Dia de Ação de Graças para ele porque é o feriado preferido do meu irmão.

Sinto meu coração se apertando. Becca continua:

— Óbvio que elas não levaram nada pra ele comer, mas levaram cartas e outros jogos que ele gosta para jogarem no quarto. Eu sei que elas estão tristes por ele não estar presente esse ano. Todos nós estamos.

Tenho que me concentrar para o nó na minha garganta não se transformar em lágrimas.

Acho que nunca me senti uma pessoa tão baixa como me sinto nesse momento.

— Mas pelo menos tem você pra lembrar dele um pouquinho — conclui Becca.

Merda.

Dessa vez, não consigo segurar.

Sinto as lágrimas surgindo e, mais que isso, sinto um desejo quase incontrolável de contar toda a verdade para ela.

— Annie, me desculpa — fala Becca, se aproximando. — Eu sei que você também está triste por ele.

Quando me dou conta, ela já está me abraçando e, embora a vontade de contar a verdade seja forte, eu escolho mais uma vez o caminho egoísta e deixo que Becca me console.

Abraço ela de volta e enterro o rosto no seu pescoço. A mão dela afaga minhas costas e nenhuma de nós duas fala nada por um tempo.

Chorar no mercado era algo que não estava na minha lista de afazeres do dia, mas aqui estamos.

Depois de alguns minutos, consigo me controlar e percebo que as pessoas ao redor estão me olhando com curiosidade e pena.

— Desculpa — falo para Becca.

— Tá tudo bem — garante ela, com a mão no meu ombro. — Todo mundo já chorou por isso. Até o Gigio.

Se ela não parar de falar essas coisas, vou acabar chorando de novo. Então enxugo as lágrimas, tentando me recompor, e falo:

— Acho melhor a gente escolher as cerejas, antes que aquela senhora ali — aponto para uma velhinha que parece ter mais de oitenta anos — leve todas as bonitas.

Becca solta uma risadinha, mas entende o recado de que é melhor a gente falar de outra coisa.

O resto das compras passa sem grandes incidentes, mas, quando volto para casa, me pego fazendo algo que não fazia desde que minha mãe morreu: rezar por uma intervenção divina.

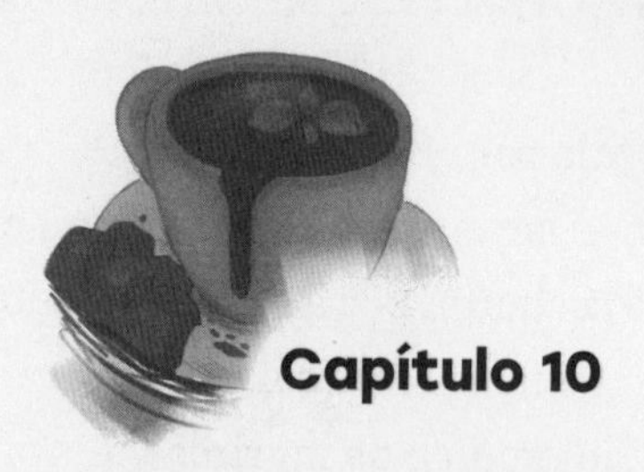

Capítulo 10

Coloco o último mirtilo sobre o glacê e paro para admirar meu trabalho de confeiteira. Acho que minha mãe teria ficado orgulhosa.

O bolo tem duas camadas, é decorado com glacê e frutas vermelhas e recheado com geleia e *buttercream*. É um bolo de festa e talvez não seja, tipo, tradicional de Ação de Graças, mas eu queria fazer um bolo bonito para eles.

Apesar do resultado satisfatório, demorei muito mais do que eu pretendia para terminar e, quando olho o relógio de pulso, percebo que preciso correr para o chuveiro se não quiser chegar atrasada para o jantar na casa dos Moretti.

Dirijo com cuidado, não apenas pelo motivo óbvio, mas também para não espatifar o bolo. Ele é pesado e a inclinação do banco do passageiro torna a viagem um pouco difícil, mesmo com a redoma protegendo o glacê de grudar no encosto do banco. Meu histórico de acidentes é um pouco alto demais para ser ignorado, então todo cuidado é pouco.

— Uauuu, Annie! — diz Becca assim que abre a porta.

Penso a mesma coisa: *Uauuu!*

Eu sei que ela está falando do bolo que está nas minhas mãos, mas eu estou falando *dela*.

Tudo que consigo pensar é no quanto ela está gata no vestido preto básico e bastante curto que ela está vestindo. Não chega a ser um vestido de festa, mas é uma roupa um pouco mais formal, ideal para um jantar em família numa data especial, como é o caso. Se tem uma coisa que eu já reparei sobre a Becca, é que ela sabe se vestir de acordo com a ocasião.

E sempre está linda!

Que mistura mais abençoada essa da Sharon com o Mario, viu? E hoje ela está ainda mais bonita com o cabelo solto e uma maquiagem discreta, que se destaca pelo delineado nos olhos. Além do vestido deixar a mostra muito mais do que eu estava acostumada a ver.

Ela me encara por alguns segundos e percebo que ainda não falei nada. Não sei direito do que estávamos falando, mas vejo ela olhar para o bolo nas minhas mãos.

— Eu acho que ficou gostoso — digo, finalmente.

— Se tiver tão bom quanto está bonito, não vai sobrar uma migalha — fala, então pega o bolo das minhas mãos. — Eu vou levar para a cozinha. Você fecha a porta pra mim?

Assim que saímos do hall de entrada, encontramos a maior parte da família na sala.

Apesar de já ter vindo aqui duas vezes, essa é a primeira vez que vejo a família inteira em casa. Parece até estranho vê-los aqui, porque, para mim, o restaurante parecia mais a casa deles do que o apartamento.

Mas se a casa já era aconchegante vazia, com todos os Moretti, fica ainda mais acolhedora e cheia de vida.

— *Ma che bello*! — diz Nonna Rosa assim que vê o bolo, então se levanta para me abraçar e me beijar nas bochechas.

— Um homem de sorte, nosso Marco — afirma Mario, antes de me cumprimentar também.

— É *vero* — concorda Nonno Pepe, como sempre.

— Poxa, o tio Marco devia ter arrumado uma namorada há mais tempo — diz Tommy com os olhos brilhando em direção ao bolo.

Espero realmente que esteja tão gostoso quanto eu imagino e então lembro dos bolos da minha mãe, porque parece que, de repente, a expectativa ficou alta.

— Hummm, eu adoro bolo, tia Annie — fala Alex, batendo com a mão na barriguinha, em um gesto de pura fofura.

Não resisto e ataco as bochechas daquela menininha de três anos com beijos. Depois cumprimento todos os Moretti que faltaram e noto a ausência da Sharon.

— Ela tá na cozinha — explica Nonna Rosa. — Não deixa a gente entrar.

Apesar da tentativa de soar ofendida, noto que ela está sorrindo, então caminho até a cozinha para cumprimentar minha sogra.

— Annie! — exclama Sharon e vem me abraçar. — Você não precisava trazer nada.

— Eu queria — falo assim que ela me solta. — Era uma receita da minha mãe.

— Ele está lindo, querida, e tenho certeza de que está uma delícia também.

Me sinto tão feliz por ter sua aprovação que demoro alguns minutos para relembrar que ela não é minha sogra de verdade.

Que maluquice!

— Vocês precisam de ajuda? — pergunto.

— Precisar não precisamos — diz Sharon. — Mas se você quiser ficar e ajudar a Becca com a salada, a gente pode ir conversando.

— O jantar de Ação de Graças é a especialidade da minha mãe — explica Becca. — É o único dia do ano que ela não deixa os Moretti entrarem na cozinha.

— Italianos não entendem nada de Ação de Graças — justifica Sharon.

— Faz sentido — comento enquanto lavo as mãos. — O que eu posso fazer?

— Se quiser, pode cortar os tomates-cereja ao meio — responde Becca.

Pego a faca sobre a tábua que ela me indica e começo o trabalho.

— Eu imagino que sejam poucas as vezes que vocês consigam se reunir para jantar em casa como hoje — falo, cortando o primeiro tomatinho.

— Tem só três feriados que a gente não abre o restaurante: Ação de Graças, Natal e Dia da Lembrança — conta Sharon.

— Mas, tipo, a gente folga nas segundas — explica Becca enquanto me serve uma taça do vinho que ela e Sharon estão bebendo. — Então, às vezes, a gente se reúne aqui em casa nesse dia.

— Você gosta de molho de *cranberry*, Annie? — pergunta Sharon enquanto mexe a panela com o caldo vermelho escuro.

— Eu amo!

— O Marco também adora — diz ela com um grande sorriso, como se aquele simples fato fizesse de nós dois almas gêmeas ou coisa assim.

Mas não posso culpá-la, meio que estou me agarrando ao fato de eu e Becca gostarmos de pipoca enquanto a ex dela detesta como a prova de que eu seria uma namorada muito melhor.

— Esse é o feriado preferido dele — fala Sharon sobre Marco e noto seu tom ficando triste.

— O cheiro está incrível, mãe — comenta Becca como se quisesse evitar que o tema deixasse sua mãe melancólica.

— Tá mesmo — concordo.

— A mesa já está posta, filha? — indaga Sharon.

— A Jenny já se encarregou disso — responde Becca. — Tá tudo lindo, não se preocupa.

— Bom, o peru está no forno e o resto está encaminhado — fala Sharon enquanto desamarra o avental. — Acho que podemos ir lá pra sala e ficar um pouco com os outros.

Corto o último tomate-cereja e coloco na cumbuca em frente, então pego minha taça de vinho e as sigo para a sala.

Me sento ao lado da Becca em um sofá abaixo da janela e logo Alex corre para se sentar no meu colo. Todos os Moretti estão aqui e, dessa vez, a sala não parece mais tão enorme; na verdade, parece até um pouco pequena para tanta gente.

— Ontem falei com o Bill, meu colega que trabalhou no atendimento do Marco — anuncia Jennifer captando a atenção de todos.

Sinto meu sangue congelar, de repente.

— E...? — perguntam Sharon e Mario ansiosos, segurando a mão um do outro.

— Ele me contou quem foi que atropelou o Marco!

Espera, o quê?

Olho para ela, tentando ler alguma coisa na sua expressão, mas ela está olhando para Sharon e Mario. Desse ângulo, só consigo ver que ela está falando sério, até porque eu acho que ela não brincaria com uma coisa dessas.

Eu tinha esquecido que Jennifer era paramédica e nunca nem me ocorreu que ela pudesse ficar sabendo que fui eu a culpada.

Mas é claro que ela iria descobrir, foi burrice minha achar que eu poderia atropelar uma pessoa e nunca ser descoberta.

— E quem foi o miserável? — indaga Mario, alterando o tom da voz igual fez naquele dia no hospital. — A polícia não quis me dar o nome!

Só percebo que estou apertando a mãozinha da Alex quando ela solta uma interjeição de dor.

— Desculpa, meu bem — falo para ela, tentando ficar calma.

Mas não consigo.

Tudo que consigo é encarar Jennifer.

— Não foi um cara — explica ela e me preparo para o momento que ela vai falar meu nome. — O Bill disse que foi uma garota bem novinha e que parecia meio inexperiente. Mas pelo que ele falou, ela parecia bem assustada.

É claro que estava assustada. Eu achava que tinha matado uma pessoa... espera! Ela não sabe que fui eu, então?

— Ainda assim, é horrível ela não se preocupar em ter notícias sobre o estado do Marco! — diz Gigio, imitando o tom do pai.

— Talvez ela tenha perguntado de Marco no hospital — pondera Sharon.

— Eu perguntei às atendentes e elas me garantiram que mais ninguém além da família e da Annie estiveram lá procurando notícias dele — conta Becca.

— Pelo menos ela chamou a emergência — fala Jenny. — O Bill me disse que foi ela que fez a ligação e ficou para dar o depoimento à polícia.

— Não sabemos como está a cabeça dessa menina — argumenta Sharon. — Mas eu não quero acreditar que ela não esteja nem um pouco preocupada com o Marco.

Sinto meu coração se partindo em mil pedacinhos ao ver Sharon tentando me defender sem nem ao menos saber que sou eu. Só porque não quer culpar alguém por ter atropelado seu próprio filho sem ter provas.

Queria poder me levantar agora mesmo e dar um abraço nela.

— É *vero* — concorda Nonno Pepe. — Além do mais, isso não vai fazer o Marco acordar mais rápido. Hoje é dia de agradecer, não de procurar culpados. Temos que agradecer que ele está vivo e tem a chance de se recuperar.

Mario e Gigio parecem contrariados com Nonno Pepe e Sharon, e sei que os dois são os que mais sentem raiva de mim. Mas não os culpo, porque também sinto.

— Estivemos lá hoje — fala Jenny se referindo a ela, o Gigio e os filhos. — Os sinais do Marco estavam mais fortes. Eu acho que ele pode acordar logo.

— Você acha? — pergunta Sharon e vejo seus olhos brilhando com uma nova esperança de repente.

— É possível — responde Jenny.

Noto que o tom dela é cauteloso, como se não quisesse dar falsas esperanças a ninguém; ainda assim, vejo Sharon levar as mãos ao peito, Nonna Rosa e Nonno Pepe fazerem o sinal da cruz e Mario soltar um suspiro.

Me pego contagiada pelo otimismo deles, mas também por algo mais. Algo mais melancólico. Porque sei que, assim que Marco acordar, vou ter que me afastar deles.

— Eu agradeço a isso então — diz Mario, parecendo mais calmo agora. — À recuperação do Marco.

Então ele leva a taça à frente, propondo um brinde, e todos copiamos.

— À recuperação do Marco!

Capítulo 11

A conversa eventualmente muda de rumo e o clima fica mais leve, embora seja claro que nenhum dos presentes consiga esquecer que Marco está no hospital. Ainda assim, todos tentam fazer com que a noite seja agradável.

O jantar, como esperado, é uma delícia e comprova minha teoria que todos dessa família sabem cozinhar maravilhosamente bem.

Eu me ofereço para lavar a louça, mas minha oferta é rejeitada.

— Por que você e a Becca não levam Tommy e Alex para brincar no parque ali da praça, enquanto a gente arruma tudo aqui para servir o bolo depois? — sugere Nonna Rosa.

— Bora, pirralhada — fala Becca para as crianças, que pulam do sofá para saírem com a gente, mas não antes de Jenny encher os dois de casacos.

Passamos uns trinta minutos no parque, que fica bem próximo ao restaurante. Essa região toda é na verdade um enorme ponto de encontro e lazer, cheia de decks com bancos de frente para o mar e todo tipo de atrações, desde bares e restaurantes até sorveterias e parquinhos. No verão, além dos moradores, também fica cheia de turistas, que descem dos cruzeiros que atracam aqui.

Logo vai estar muito frio para ficar na rua, então é preciso deixar as crianças aproveitarem ao máximo esses últimos dias de outono. Até porque parece que o inverno vai ser bem rigoroso esse ano.

Eu me arrependo de estar de saia e acho que Becca pensa o mesmo sobre seu vestido. Tommy e Alex, por outro lado, não parecem se preocupar com clima, já que estão bem agasalhados. Tão bem que vejo a franja loira de Alex grudar na testa que já tem uma fina camada de suor.

Ao notar que estou tiritando de frio, Becca entrelaça nossos braços numa tentativa de nos manter aquecidas, enquanto assistimos às crianças brincando no escorrega.

— Esses dois têm muita energia — comento.

— Você nem viu nada — responde Becca. — Ano passado, eles conseguiram quebrar o lustre do restaurante.

— O lustre?

— Sim, e o pé-direito é de quase quatro metros.

— Como esses dois tampinhas fizeram isso?

— Com uma bola de beisebol antiga do Gigio que acharam lá em casa.

Solto uma risada enquanto vejo os dois pestinhas correrem pelo parque como se estivessem ligados na energia elétrica.

— Que medo! — falo, pensando em como deve ser cuidar deles o dia todo.

— Você acha que vai querer ter? — pergunta Becca. — Filhos, eu digo. Você tem muito jeito com criança.

— Talvez. Eu ainda não penso muito nisso. E você?

— Também não sei — fala ela, encolhendo os ombros. — Mas se eu tiver uma porção de sobrinhos talvez eu já me dê por satisfeita.

Não sei se é uma indireta e Becca já está pensando nos meus possíveis filhos com o irmão dela, mas prefiro fingir que não entendi.

Até porque, ainda que meu namoro com o Marco fosse real, a gente teoricamente namora há, tipo, menos de um mês. Meio cedo para pensar nessas coisas. Mas essa conversa me faz lembrar que sou filha única e nunca vou ter sobrinhos, o que me deixa um pouco triste.

A menos, é claro, que eu me case com a Becca, aí pelo menos dois já estão garantidos.

Eu não deveria estar pensando nisso!

— Aaaai.

Eu e Becca pulamos do banco no mesmo segundo que escutamos o grito da Alex seguido de um choro. Corremos até ela para ver o que aconteceu.

— Ela bateu de cara ali — explica Tommy, apontando para a escadinha de ferro do escorrega. — Acho que ela tropeçou.

Nos abaixamos para avaliar o ferimento e respiramos aliviadas em ver que não tem sangue. Alex, no entanto, ainda está chorando, então resolvemos voltar.

— Tá tudo bem, princesa — fala Becca para a sobrinha enquanto a carrega no colo. — Já vai passar! Agora a gente vai comer um montão de bolo, tá bom?

Alex apenas faz que sim com a cabeça, ainda parecendo meio magoada com o acidente. Já Tommy segura minha mão, e caminhamos os três em direção ao apartamento a duas quadras dali.

Lá encontramos quase todos já na mesa com o bolo no meio. Percebo que falta apenas Mario e Sharon.

— Você pode chamar eles na cozinha, querida? — Nonna Rosa me pede.

— Claro.

Mas, antes que eu entre no ambiente, escuto Mario e Sharon conversando. Sei que não deveria ouvir, mas percebo que é sobre Marco, então espero.

— A saúde dele é o mais importante, querida — diz Mario em um tom baixo. — Com o dinheiro a gente se preocupa depois.

— Eu sei, Mario. Mas não temos de onde tirar...

— A gente faz uma segunda hipoteca, se precisar.

— Eu não quero que o Marco se sinta culpado por isso, você sabe como ele é todo preocupado.

— Ele não vai... Annie! — exclama Mario ao notar minha presença. — Você precisa de alguma coisa, querida?

— Eu, hum, só vim chamar vocês — falo. — A Nonna Rosa que pediu... desculpa me meter, mas eu não pude evitar ouvir, vocês estavam falando sobre as despesas do Marco?

— Não se preocupe com isso, querida — afirma Sharon, se levantando e caminhando até mim. — A gente vai dar um jeito.

— A gente tem tudo sob controle, Annie — garante Mario, forçando um sorriso. — Agora, é melhor a gente ir antes que o Gigio e a Alex comam o bolo todo e não sobre nada para a gente.

Ele coloca uma mão no meu ombro, como uma forma de me garantir que está tudo bem, e ele e Sharon me conduzem de volta para a sala de jantar.

Eu me sinto uma estúpida por nunca ter pensado nisso. Mas alguém vai ter que pagar as despesas do Marco. Despesas essas que não devem ser nada baratas.

Capítulo 12

Mais uma vez, os Moretti me convidam para jantar com eles no restaurante. Desconfio que seja porque é sábado e, a essa altura, eles já sabem que levo uma existência um tanto solitária aqui e talvez imaginem que, se Marco não estivesse no hospital, eu estaria com ele.

Ou talvez só estejam com pena mesmo.

Não sei, mas penso que é algo que a Sharon se preocuparia, apesar de Becca não ter falado nada disso quando ligou me convidando.

— Eu não posso jantar de graça aí sempre — falei na ocasião.

— É claro que pode — rebateu Becca. — Te vejo às dezoito horas, está bem?

Soltei um suspiro antes de responder:

— Está bem!

E agora estou aqui, pela sei-lá-qual semana consecutiva, jantando com a família do meu pseudonamorado. No momento, estou na mesa com o Tommy e a Alex, ajudando a montar um quebra-cabeça de dinossauro.

Hoje o restaurante parece um pouco mais caótico que nas semanas anteriores, então ainda não consegui cumprimentar todos os Moretti. Segundo Tommy, Becca e Sharon estão ajudando na cozinha porque algum dos cozinheiros faltou.

— Quando você acha que o tio Marco vai acordar? — pergunta Tommy enquanto tenta encaixar mais uma peça no jogo. Sei que ele não vai conseguir, porque não é a peça certa, mas deixo que ele descubra isso sozinho.

— Não sei, meu bem, mas espero que logo — falo. — Você tá com saudade dele?

— Eu tô! — responde Alex antes do irmão. — Mas eu também gosto de brincar com você, tia Annie.

Abro um sorriso e aperto de leve a bochecha dela.

— Eu também tô com saudades dele — responde Tommy dessa vez. — Ele prometeu que ia colocar um motor na minha caçamba de brinquedo. Eu já pedi pro papai, mas ele não sabe como faz, só o tio Marco sabe.

É muito estranho ver eles falando do Marco, porque às vezes parece que essa pessoa que eles conhecem não pode ser o mesmo cara tímido e quieto que eu costumava ver toda semana.

Mas tenho a impressão de que talvez Eve conheça essa versão que os Moretti falam; o que faria muito mais sentido, já que nunca entendi o que ela viu nele.

— Pois é — respondo Tommy —, o tio Marco é muito bom com essas coisas.

— É, sim — concorda ele balançando a cabeça energicamente. — Uma vez ele fez...

Paro de prestar atenção em Tommy quando noto uma garota se aproximando do bar. Eu ainda não vi a Becca hoje, porque ela não estava ali quando cheguei, mas a garota parece não se importar com isso e se apoia no balcão antes de chamar pelo nome da Becca. Segundos depois, Becca sai da cozinha e caminha até o bar.

Ela cumprimenta a garota com certa hesitação, mas logo começam a conversar como velhas amigas. Eu nunca a vi aqui antes, e por algum motivo, não gosto do jeito como ela se debruça sobre o balcão em direção à Becca.

A conversa se estende e, por mais que eu tente, não consigo identificar sobre o que estão falando. A garota parece um pouco mais nova, deve ter uns vinte anos, e é, tipo, uma versão ainda mais loira da Kate Moss: magrela e ossuda. Definitivamente não faz meu tipo, mas, como ela parece uma modelo, com certeza é o tipo de muita gente.

Será que é o tipo da Becca?

— Legal, né? — pergunta Tommy e noto que perdi toda a história que ele me contava.

— Muito! — respondo, mostrando um sorriso que espero que seja convincente para uma criança de cinco anos. — Hum, Tommy, você conhece aquela moça conversando com a tia Becca?

O menino se vira na direção que estou apontando e franze o narizinho.

— Uhum — fala ele, não muito empolgado. — É a Brie.

— Ela é amiga da tia Becca — completa Alex.

Humm...

— Será que é ela a tal que não gosta de pipoca? — Eu me pergunto.

— Eu gosto de pipoca! — diz Alex, e percebo que pensei em voz alta.

— Ela não gosta de pipoca? — indaga Tommy confuso.
— A minha mãe disse pro meu pai que ela é uma chata e que não gosta de nada. Ah, e ela disse também que não sabe o que a tia Becca viu nela. Então é por isso! É estranho não gostar de pipoca.

— Eu também acho — respondo ao menino.

Olha, eu sei que não deveria estar usando uma criança para me inteirar sobre as fofocas da família, mas ele é tão prestativo, e eu quero saber quem é essa Brie aí, então pergunto:

— Faz tempo que você a viu pela última vez?

Tommy se põe a pensar.

— Não sei — afirma ele. — Mas acho que foi no aniversário do tio Marco.

Que ótimo, eu não sei quando é o aniversário do meu "namorado". Pelo visto, vou continuar sem saber há quanto tempo elas terminaram.

Vejo Becca esboçar um sorriso tímido para a garota e sinto uma sensação incômoda no peito. Eu sei que é ridículo estar com ciúmes e que isso só comprova como minha vida amorosa é patética e inexistente, mas não consigo evitar.

— O que essa fresca tá fazendo aqui? — pergunta Gigio a Jenny, ou talvez a si mesmo, assim que os dois chegam à mesa.

Me viro para ele a tempo de ver seu olhar de poucos amigos na direção da Brie. Pelo visto, ele também não gosta dela.

— Não sei — diz Jenny, se sentando ao lado de Alex e colocando o braço ao redor da filha. — Mas espero que a Becca não caia na lábia dela de novo.

— Quem é ela? — pergunto.

Vejo Gigio e Jenny trocarem um olhar curioso, como se estivessem tentando tomar uma decisão juntos.

Gigio meio que assente com a cabeça antes de me responder:

— Ela é a ex da Becca.

De repente, sinto os olhos dos dois sobre mim, como se estivessem esperando para ver a minha reação.

— Então ela é a tal que não come pipoca? — questiono.

Jenny e Gigio parecem relaxar com minha resposta.

— Ela não gosta de nada, essa enjoada — fala Jenny. — Então a Becca te contou dela?

— Mais ou menos — respondo. — Eu meio que deduzi que era a ex-namorada.

— Ela não tem nenhum problema com isso — explica Jenny. — Digo, a família toda sabe e são todos muito tranquilos, mas acho que, às vezes, deve ser meio complicado contar para outras pessoas.

— E como — falo, pensando na minha própria experiência, mas logo vejo Gigio e Jenny me olharem com certo questionamento, então lembro que eles acham que namoro o Marco. — Quer dizer, eu imagino! — corrijo. — Mas se ela é ex, o que tá fazendo aqui? — pergunto, tentando mudar o foco.

— E eu que sei? — responde Gigio, meio irritado. — Ela deixou a Becca numa fossa desgraçada da última vez. É muita cara de pau aparecer assim do nada.

O Gigio me passa uma imagem de irmão superprotetor que acho realmente fofo, mas também me deixa preocupada por eu ter atropelado o irmão mais novo dele.

— Olha, tia Annie, já dá pra ver a cabeça do dinossauro — diz Tommy enquanto encaixa mais uma pecinha no quebra-cabeça.

— É mesmo — respondo, com um sorriso para ele. — Bom trabalho; vocês dois são muito rápidos.

— Annie, querida! — Escuto a voz de Sharon e me levanto para cumprimentá-la com um abraço. — Como você tá linda. Até parece uma princesa com essa trança embutida.

— Tia Annie. — Alex puxa de leve minha manga. — Você faz igual em mim? — pede ela um tantinho encabulada.

Eu não aguento a fofura dessa criança, mas dessa vez é a avó dela que a ataca com beijos e apertões na bochecha.

— É claro que sim, linda — respondo assim que Sharon a solta.

— Obrigada — diz ela de forma articulada.

— O que essa chata tá fazendo aqui? — pergunta Sharon assim que vê Brie falando com Becca no bar.

— Não faço ideia — responde Gigio.

— Foi ela que chamou a Becca na cozinha antes? — questiona Sharon. — Eu achei que tivesse sido você, Annie!

— Eu não quis atrapalhar vocês — falo. — O Tommy falou que estão com um funcionário a menos.

— Você nunca atrapalha, querida — diz Sharon.

Respondo apenas com um sorriso quando percebo Becca e Brie caminhando na nossa direção.

— Lá vem! — Escuto Jenny resmungar.

Será possível que essa garota seja assim tão insuportável mesmo? Ou será que não gostam dela só porque é uma garota e não um garoto?

A Jenny pareceu bem categórica quando disse que todos são muito tranquilos em relação à sexualidade da Becca, mas vai saber, né? Às vezes eles só *acham* que são, mas, na verdade, vivem achando todos os defeitos possíveis em todas as namoradas.

— Ah, Annie, você chegou — diz Becca antes de me cumprimentar com um abraço como já se tornou tradição e minha parte preferida de todas as visitas que faço a essa família. — Eu não tinha te visto.

Infelizmente, eu notei essa parte.

— Não faz muito tempo que cheguei — respondo. — Eu tava aqui ajudando o Tommy e a Alex com o quebra-cabeça.

— Quem é você? — pergunta Brie em um tom de voz agudo e enjoado.

— É a namorada do Marco — explica Becca.

— Sinto muito que ele esteja em coma — diz Brie. — Tadinho, levou vinte e cinco anos para desencalhar e, quando enfim arruma uma namorada, é atropelado.

— Pelo amor de Deus — resmunga Jenny a meu lado.

Esquece minha pergunta, ela é sem noção mesmo.

— Prazer — falo, meramente por educação. — Annie.

— Brie — diz ela apertando minha mão. — Igual ao queijo.

O que diabos a Becca viu nessa garota?

— Becca, querida, o seu pai já vai trazer o jantar — anuncia Sharon, meio entre dentes e me parece que é, tipo, um comando para ela dispensar a companhia.

— Brie, você quer ficar para o jantar? — pergunta Becca à loira, e escuto algumas bufadas discretas vindo dos outros participantes da conversa.

— Eu estou de dieta e carboidrato é a última coisa de que preciso — responde Brie. — Tenho um teste de modelo semana que vem, então não posso ficar.

— Que pena — fala Jenny, mas consigo sentir o leve tom de sarcasmo ao fundo. — Quem sabe em uma próxima.

Brie sorri e assente para Jenny, parecendo alheia ao sarcasmo, então se vira para Becca e pergunta:

— A gente se vê amanhã, certo?

Becca responde Brie de maneira meio acanhada:

— É... uhum, claro.

— Bom, eu vou indo então — comunica Brie e sai, mas não sem antes deixar um beijo na bochecha de Becca.

Sem dúvida não deveria sentir o que eu acabei de sentir ao ver essa cena.

— Você vai sair com essa insuportável? — questiona Gigio assim que Brie atravessa a porta.

— Qual é, Becca, você é mais inteligente que isso — fala Jenny. — Ela pisou feio na bola com você.

— Ela não te merece, minha filha — afirma Sharon com preocupação.

— Meu Deus — exclama Becca parecendo exasperada. — A gente só vai ao cinema, não vamos nos casar!

— Eu achei que a gente ia no museu amanhã — falo antes mesmo de me dar conta.

A gente tinha combinado de ir ao Maritime, o museu do Atlântico, que ela me disse que tem vários objetos recuperados do Titanic. E, pelo que ela falou, é um passeio de uma tarde toda, pelo menos.

— A gente, humm... a gente pode ir semana que vem — gagueja ela meio sem jeito.

— Você desmarcou com a Annie para sair com a Brie? — pergunta Sharon em tom de reprovação.

— Eu não desmarquei, eu esqueci, é diferente! — Becca tenta se justificar.

Ah, é, me sinto muito melhor agora.

— O jantar está servido! — anuncia Mario, caminhando até nossa mesa com uma travessa enorme de lasanha.

Nonno Pepe e Nonna Rosa vem logo atrás do filho.

— Não falem pra eles — pede Becca, meio entredentes, aos familiares. — Eles a odeiam!

— Por que será, né? — fala Gigio.

— Por favor! — suplica ela.

— Tá, tá. — Todos concordam meio a contragosto.

— Humm, Annie — chama Becca enquanto os outros se espalham pela mesa do jantar. — Me desculpa, eu esqueci que tínhamos marcado para amanhã.

— Não se preocupa — falo. — A gente pode ir outro dia.

Becca assente, mas não se move. Percebo que ela quer me contar algo, mas não sabe como.

— A Brie é, humm... — pausa, meio nervosa, então resolvo ajudá-la.

— Eu sei — falo. — Eu já desconfiava, na verdade.

— E você tá de boa?

— É claro que tô — respondo. — Quer dizer, mais ou menos, porque ela não parece à altura de uma garota tão incrível como você.

Ela parece meio acanhada, mas explica:

— Vamos sair só como amigas mesmo.

— Agora, cá entre nós... — pergunto, me aproximando dela. — *Brie*?

— O quê? Não fui eu que batizei ela! — Becca se defende, erguendo os ombros.

Compartilhamos uma risadinha.

— Bom, de qualquer forma, espero que você se divirta amanhã — digo.

— Mas vamos remarcar aquele museu, está bem? Eu prometo que vou com você.

Apenas faço que sim com a cabeça e lanço um sorriso. Apesar de tudo, sorrir para ela é algo que não consigo evitar.

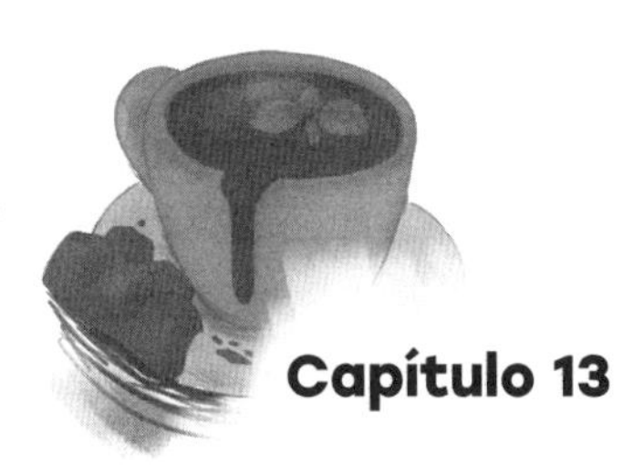

Capítulo 13

Ainda estou contrariada pensando no bolo que a Becca me deu ontem para sair com a Brie.

Sei que não tenho, tipo, nenhuma moral para isso, mas o coração é assim, nem sempre faz sentido. O meu acho que nunca fez, porque a única vez que me apaixonei foi horrível.

É por isso que não costumo gostar de filmes e livros de romance, porque sempre me parece muito inverossímil... mas não quero falar sobre isso agora. Ou, de preferência, nunca.

Como disse, ainda estou meio contrariada com o bolo que levei enquanto caminho do estacionamento até a biblioteca. O clima hoje parece combinar com meu humor.

Não deve estar mais do que uns sete graus e, apesar de estarmos apenas no meio de outubro, a maioria das árvores que cercam o prédio histórico da biblioteca já estão quase peladas.

É uma pena que as folhagens de outono durem tão pouco. Eu amo quando os tons laranja e vermelho tomam conta da paisagem. E, no caso da biblioteca, as trepadeiras que se alastram por quase toda a construção também ficam vermelhas nessa época do ano, deixando tudo ainda mais bonito.

Além de frio, o dia está nublado e escuro. Já são nove da manhã e os postes de luz ainda estão acesos para iluminar a estrada, assim como os faróis dos carros que transitam por ela. Enquanto caminho, escuto minhas botas esmagando as folhas encharcadas que cobrem a calçada e o som da água saindo delas.

Tem algo melancólico nesse dia, que não sei identificar se é apenas por causa da fina garoa que insiste em cair e das folhas laranja que estão mais no chão do que nas árvores ou por causa do meu humor.

Talvez um pouco de cada.

Assim que entro no prédio, não tiro o casaco imediatamente, porque ainda sinto um pouco de frio, então vou direto ao café e, para minha surpresa, encontro Raj.

— O que você tá fazendo aqui? — pergunto a ele.

Ele estuda de manhã e trabalha aqui apenas à tarde.

— Jude estava doente e me ligou — explica ele. — Hoje tinha só duas aulas com dois professores bem gente boa, eu já liguei pra eles e vão me passar a matéria depois.

— Ainda bem que você tá aqui — falo, esfregando as mãos. — O chocolate quente do Jude não é tão bom quanto o seu.

É verdade, o Jude nunca acerta a quantidade certa de chocolate e menta e sempre fica meio esquisito.

— Se a carreira de acadêmico não der certo, posso ser barista pro resto da vida então — brinca ele, sorrindo antes de começar a preparar meu pedido.

Como a calefação já começa a me aquecer, aproveito para tirar o casaco e pendurar nos cabideiros ao lado da entrada da biblioteca. Quando volto ao Nook, Raj já está com meu copo na mão.

— Prontinho — diz ele, me entregando.

Assim que provo, sinto o calor da bebida esquentar minha boca e garganta.

Humm.

— Perfeito! — falo, deixando algumas notas sobre a bancada. — Obrigada.

Seguro o copo de papelão com as mãos para que ajude a aquecer meus dedos, que ainda estão gelados de dirigir até aqui em um carro sem aquecedor.

— Bom dia, Annie — cumprimenta Eve assim que me vê.

Ela parece concentrada no computador e, se eu bem a conheço, está escrevendo toda a agenda da semana em uma planilha.

— Bom dia — respondo, me sentando à minha mesa.

Coloco o copo sobre a mesa e me abaixo para ligar o estabilizador e a CPU do computador, então me ergo de novo para ligar o monitor.

Aproveito para tomar mais um gole do chocolate quente enquanto o aparelho inicia.

Eu adoro minha rotina trabalhando aqui, sobretudo pela manhã, quando é mais calmo e temos tempo de fazer as tarefas sem pressa. Lá fora, vejo a chuva engrossar um pouco e agradeço por ela ter esperado eu entrar para começar a cair com mais força.

— Com licença. — Uma senhora com uma bengala de apoio chama a minha atenção. — Eu gostaria de saber onde encontro livros de mistério.

Sorrio para ela antes de responder.

— No corredor vinte e três à direita — falo, apontando para o corredor a poucos metros de onde estamos.

— Obrigada, querida!

Meu computador finalmente conclui o processo de inicialização e mexo o mouse para abrir o software da biblioteca.

— Você tinha razão — anuncia Eve, chamando minha atenção depois de alguns segundos.

— Sobre...?

— A Holly Golightly — responde Eve. — Ela é mesmo prostituta.[1]

— Eu te disse — falo. — E o final? O que você achou?

Eve franze a testa antes de responder:

— Uma porcaria!

— Fala sério? — pergunto, indignada com a reação dela.

— Não é possível que você goste mesmo desse final, Annie. É péssimo. Terrível! O filme é muito melhor.

— Qual é, Eve, o final do livro não é ruim.

— Ela foge para Buenos Aires e eles nunca mais se veem! O que tem de bom nisso?

— É que o livro não é sobre o romance — tento justificar.

— É claro que é! — exclama Eve. — É péssimo estar apaixonado e nunca mais na vida ver a pessoa que você ama.

— Nem todo romance tem final feliz, meu bem — falo.

---

1 N. das A.: Em uma entrevista para a revista *Playboy*, em março de 1968, o autor de *Bonequinha de luxo*, Truman Capote, negou que ela fosse prostituta e a definiu como uma acompanhante de luxo ou "gueixa americana". Contudo, essa é uma discussão que existe há anos, uma vez que não fica evidente no livro o que ela faz, deixando o tema aberto a interpretações.

— Mas eu quero ler os que têm, ué — diz ela como se fosse a coisa mais óbvia do mundo. — Só porque a vida real às vezes é uma droga, não significa que eu queira ler histórias assim também.

Apenas solto uma risada, porque Eve é mesmo uma romântica incurável.

— O final do filme é mil vezes melhor — insiste ela, mesmo que eu não tenha dito mais nada.

Não quero admitir em voz alta, mas o casal principal terminar a história juntos não me parece mais tão piegas. Na verdade, parece algo que eu gostaria de ver...

Meus pensamentos são interrompidos quando escuto o telefone da mesa da Eve tocar.

— Biblioteca Municipal — fala Eve ao atender. — Humm, ela... ela tá aqui sim.

Eve se vira para mim parecendo meio hesitante.

— É pra você — diz ela. — É do hospital.

Sinto uma sensação estranha no peito, mas me levanto no mesmo momento para atender. Eve se ergue da cadeira para que eu possa me sentar.

Respiro fundo antes de atender.

— Alô?

Vejo Eve a meu lado roendo as unhas e sinto meu coração martelar no peito. Mas, do outro lado da linha, a mulher não fala nada com sentido e não entendo o que ela está dizendo.

— Espera — falo, tentando rebobinar a conversa e entender o que está acontecendo. — É sobre o Marco? Ele acordou?

— Marco? — pergunta ela confusa. — É sobre Andrew Fisher.

— Espera, esse é o meu pai! — exclamo em um misto de confusão e surpresa. — De onde você está ligando? Eu achei que era do hospital...

Olho para Eve atrás de alguma resposta e vejo seu rosto transparecer surpresa.

— Isso mesmo — confirma com calma. — É do Hospital Rainha Elizabeth, em Charlottetown. Seu pai deu entrada há algumas horas.

— Meu pai deu entrada no hospital? — indago, não porque não entendi, mas porque não faz sentindo nenhum.

Vejo Eve levar uma das mãos ao peito e é só por isso que tenho certeza de que falei mesmo o que acabei de falar.

— Lamento — diz a mulher do outro lado da linha. — O estado dele é crítico.

Fico mais uma vez sem reação.

Como assim meu pai está em estado crítico?

Sinto as mãos tremendo e tenho que me esforçar para perguntar:

— Mas o quê... o que ele tem?

— Parece que ele sofreu um acidente de trabalho, caiu de uma plataforma no porto.

— Meu pai...

Não consigo concluir a frase, porque simplesmente não sei o que falar. Sinto como se tivesse vivendo um déjà-vu do dia que recebi a notícia da morte da minha mãe. Eu tinha treze anos e era um dia feio igual a esse; ela estava demorando para voltar para casa e, na hora em que o telefone tocou, eu sabia que não era boa coisa. Ela teve um mal súbito no meio do trabalho e, de uma hora para a outra, eu não a tinha mais.

E agora tá acontecendo de novo!

— Senhorita? — Escuto a voz me chamar do outro lado me trazendo de volta para o presente.

— Desculpa. O quê?

— Eu perguntei se você pode vir até aqui para assinar como responsável e preencher a papelada — repete a mulher, ainda com aquele tom de voz gentil, como se quisesse me convencer de que o estado dele não é tão ruim. — Ele perguntou por você...

Sinto um nó se formando na minha garganta e meus olhos embaçando.

— Ele perguntou de mim? — indago.

— Duas vezes.

— Então ele tá consciente? — pergunto com esperança.

— Ele tem alguns momentos de consciência, mas são poucos — diz ela. — Desculpa a insistência, mas a senhorita pode vir?

— Hum? Ah! Sim, sim... — respondo. — E você pode me falar sobre o estado clínico dele?

— Ele ainda está fazendo muitos exames, o que sabemos por enquanto é que ele tem um quadro complicado de hemorragia interna, um pulmão perfurado... — explica ela e sinto meu sangue sendo drenado. — ... algumas fraturas já confirmadas e outras sendo investigadas.

— De tarde eu chego aí — falo, já tentando pensar em qual é a rota mais rápida. — Diz para ele que eu tô indo!

— Direi — responde ela. — Eu sinto muito.

Apenas aceno com a cabeça, mesmo sabendo que ela não pode ver, então encerro a ligação.

— É o meu pai — conto a Eve e sinto as lágrimas começando a escorrer.

— Eu sei — responde ela.

Eu ainda estou sentada na cadeira dela, então Eve se abaixa e me abraça por trás.

Com certeza não era assim que eu esperava ter notícias dele. Apesar de tudo, ele é meu pai, nem nos nossos piores momentos eu desejei qualquer coisa que não fosse o bem dele.

— Eu tenho que ir pra casa — falo, ainda atônita.

— Eu sei.

Eve continua me abraçando e, nesse momento, tudo que eu consigo pensar é que meu pai perguntou por mim.

Finalmente me recomponho e sei que a primeira coisa que preciso fazer antes de ir para casa arrumar a mala é descobrir os horários da travessia de ferry da Nova Escócia para Prince Edward Island. Pego a lista telefônica e procuro o número do terminal de Caribou, porque sei que essa é a rota mais rápida.

O relógio da biblioteca marca nove e meia e sei que não vou conseguir chegar a Caribou antes do meio-dia, então decido que a balsa das catorze é a melhor opção.

Não perco muito tempo. Recolho minhas coisas e me despeço de Eve.

— Você promete que vai me ligar assim que chegar? — pergunta ela.

— Uhum.

— Não esquece de mandar notícias, por favor.

— Tá bom.

— Se eu pudesse iria com você...

— Eu sei disso — falo, com um sorriso triste. — Não se preocupa, eu vou ficar bem.

Estou quase na porta de saída quando escuto a voz do Raj me chamando, ele corre esbaforido até mim com um pacote na mão.

— Eu preparei um lanche pra sua viagem — diz ele. — A Eve me contou o que aconteceu. Eu sinto muito.

Mais uma vez, meus olhos se enchem de lágrimas.

— Eu não sei o que seria de mim sem vocês dois — falo, abraçando-o. — Não precisava se preocupar.

— Precisava sim, porque eu sei que você não vai parar pra comer — afirma ele, enquanto afaga minhas costas. — É o seu preferido.

— Obrigada! — falo, me afastando e secando as lágrimas.

— Vai com cuidado.

Faço que sim com a cabeça e parto em direção à minha casa para arrumar a mala. Não sei quanto tempo vou precisar ficar, mas vou colocando tudo que vejo pela frente, no piloto automático. Minha cabeça já está em Charlottetown e na imagem do meu pai, que sempre foi tão forte, todo quebrado numa cama de hospital.

Já está quase tudo pronto quando escuto a campainha tocar.

Fico confusa por um momento, mas então imagino que possa ser a Eve. É bem possível que eu tenha esquecido alguma coisa na biblioteca, levando em conta a maneira que sai de lá.

Abro a porta esperando vê-la, mas na verdade vejo...

— Becca?

— Que bom que eu consegui te alcançar a tempo! — diz ela com as bochechas afogueadas, tentando recobrar o fôlego. Ela também está molhada da chuva que ainda não cessou.

— Como quê...?

— Eu fui até a biblioteca falar com você — diz ela. — Porque eu tava me sentindo meio mal por causa daquele lance do museu, e a Eve me contou sobre o seu pai. Me desculpa aparecer assim, ela que me deu o seu endereço... eu precisava saber como você está e se precisa de alguma coisa.

— Você veio correndo? — pergunto confusa com a imagem à minha frente.

— Não, vim de carro — explica ela. — Mas não tem lugar para estacionar aqui perto.

Sinto que meu cérebro está meio em câmera lenta, mas, de repente, sacudo minha cabeça recobrando o foco.

— Entra, entra — falo, por fim. — A gente pode conversar enquanto eu termino de fazer a mala.

Ela parece um pouco tímida ao entrar no meu apartamento, mas eu a guio direto para o quarto. Está uma bagunça, porque, como disse, estou pegando tudo que vejo pela frente para colocar na mala.

— E você sabe como ele tá? — pergunta ela.

Faço que não com a cabeça antes de responder:

— Nem os médicos sabem direito ainda.

— Eu... eu... — gagueja ela. — Eu posso ir com você?

— Como?

— Eu e a minha mãe achamos que você não deveria ir sozinha.

— Como a sua mãe já sabe?

— Eu liguei para ela — diz Becca. — Ela já tá fazendo a minha mala.

Eu noto que ela está acanhada, como se não quisesse ser intrometida, mas também não quisesse que eu passasse por isso sozinha. Sinto, mais uma vez, vontade de chorar.

Não sei como vou me despedir dela e Sharon quando isso acabar.

— Obrigada. — É tudo que falo e a vejo sorrir de lado.

— Você precisa de ajuda?

— Eu não sei o que eu já coloquei e o que falta — falo com sinceridade.

— Deixa que eu te ajudo.

Em pouco mais de vinte minutos está tudo pronto.

— A gente pode ir com o meu carro — diz ela. — Você meio que não está em condições de dirigir.

Levando em conta meu histórico, acho que ela tem razão, então apenas aceno com a cabeça. Ela busca o carro para que possamos colocar minha bagagem no porta-malas e partimos até a casa dela.

A mãe de Becca já está nos esperando com a mala dela pronta.

— Eu sinto muito, querida! — fala Sharon já me puxando para um abraço apertado.

— Obrigada, Sharon — agradeço, ao abraçá-la de volta.

— A Nonna Rosa está rezando um rosário por ele — diz ela.

Apenas aceno com a cabeça em agradecimento.

— Aqui — continua ela, me entregando uma sacola de papelão. — Eu fiz um lanche pra vocês.

Para quem provavelmente nem iria comer, agora eu tenho mais comida do que preciso, mas fico mais do que agradecida por todas essas pessoas estarem se preocupando tanto comigo.

Só queria me sentir merecedora.

Guardamos a bagagem da Becca no carro, nos despedimos da Sharon e, em poucos minutos, estamos na estrada rumo à minha cidade natal para ver meu pai.

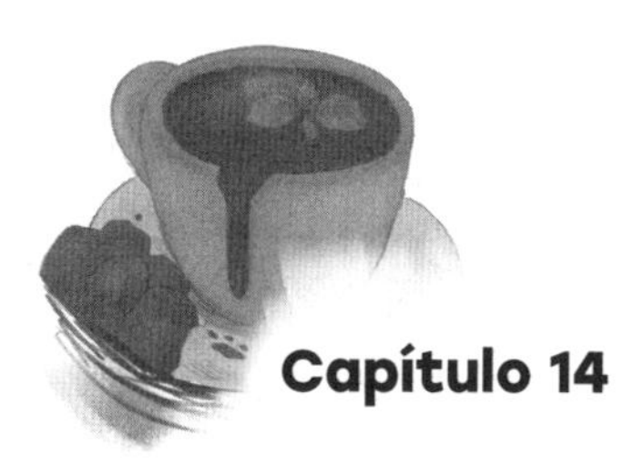

Capítulo 14

Já estamos há quase uma hora na estrada.

Confiro o relógio pela sexta vez para ver se ainda estamos no cronograma.

— Você acha que a gente chega na balsa em uma hora? — pergunto a Becca.

— Com certeza — responde ela sem tirar os olhos da estrada. — É só mais meia hora até lá.

A verdade é que eu só fiz esse caminho uma única vez na minha vida: quando me mudei. Eu não me lembro ao certo quanto tempo levou na época, porque passei a viagem toda tentando imaginar como seria minha vida em Halifax. E, para ser sincera, até que tem sido muito boa.

Não me arrependo de ter me mudado, mas, agora, meio que gostaria que as coisas tivessem sido diferentes na minha saída de casa. Especialmente com meu pai.

— Você deveria comer alguma coisa — fala Becca.

— Você também.

— Bom, vamos ver o que o Raj e a minha mãe preparam, então — diz ela com um tom animado, que sei que é mais para me convencer a comer do que empolgação genuína.

Não ofereço resistência, porque sei que ela só vai comer se eu comer também, então me viro para pegar as sacolas no banco de trás do carro. Apesar de não estar com fome, pego o sanduíche que Raj preparou para mim e uma garrafa de água. Na sacola que a mãe dela preparou também tem sanduíches, então entrego um para Becca.

A viagem é silenciosa e me perco em pensamentos apenas observando a paisagem enquanto comemos.

Pode ser impressão minha, mas parece que, aqui na rodovia, as árvores estão ainda mais secas do que na cidade. Será que é porque aqui tem mais vento?

Em Halifax, ainda é possível ver algumas folhagens intactas, mas aqui parece que todas as folhas já estão no chão, dando à estrada um ar ao mesmo tempo bucólico e macabro.

Como Becca havia afirmado, chegamos ao local do embarque a tempo de fazer a travessia das catorze horas. Estacionamos o carro na parte inferior da balsa e subimos até a área de passageiros, para nos protegermos do frio.

Becca aproveita e compra um refrigerante. Quando se senta ao meu lado, ela me oferece um gole.

— Não, obrigada — falo, balançando ambos os joelhos.

A balsa leva setenta e cinco minutos para completar a travessia, e começo a me sentir bastante impaciente, pensando que meu pai está lá me esperando.

— A gente já vai chegar — diz ela.

— Temos que ir até Charlottetown ainda — reclamo.

— Eu sei — fala ela e coloca a mão sobre a minha no braço da cadeira. — Quanto tempo até lá? Mais uma hora?

— Uns quarenta minutos, eu acho.

Becca apenas assente, mas tem um olhar sério que não estou muito acostumada a ver.

A viagem de balsa é, de longe, a pior parte, porque além de eu não ter controle nenhum sobre a velocidade, ela balança bastante e começo a sentir meu estômago meio embrulhado.

Por fim, acabo aceitando o refrigerante da Becca e o gás da bebida ajuda um pouco a combater o enjoo. Mas nem sei se posso culpar só o mar, acho que minha ansiedade também é uma das responsáveis.

Quando enfim atracamos, Becca não perde tempo em acelerar o motor e, por algum milagre, o trajeto de Wood Island, onde desembarcamos, até Charlottetown é mais rápido do que eu calculei e conseguimos chegar lá em apenas trinta minutos.

Talvez "milagre" não seja bem a palavra. Porque tenho quase certeza de que Becca tomou, pelo menos, duas multas por excesso de velocidade, mas não nego que fico grata a ela.

Às dezesseis e vinte e dois, estacionamos no hospital.

***

Em poucos minutos, passo pela recepção e as enfermeiras, que já estavam à espera, me direcionam até o quarto do meu pai. Mas, antes de atravessar a porta que dá acesso à ala com leitos de UTI, paro e me viro para Becca, que foi ignorada pela equipe do hospital.

Não sei o que falar, porque não faço ideia de quanto tempo vou demorar. Mas não preciso falar nada, porque ela apenas me incentiva com um sorriso e diz:

— Eu vou te esperar aqui! — Então se senta em uma das cadeiras da sala de espera.

A enfermeira que me acompanha até o quarto fala um monte de coisas sobre o estado do meu pai, mas não consigo prestar atenção em uma única palavra, só consigo sentir a expectativa do que está por vir e, no momento que entro no quarto quatrocentos e nove, encontro meu pai pela primeira vez em um ano.

Ele está dormindo, e vejo os aparelhos ao lado da cama apitando de forma constante, da mesma forma que os do Marco fazem e que já me acostumei a ouvir.

Quando me mudei, ele tinha o cabelo bem curto, quase raspado e estava com a aparência saudável e forte. Agora, está com a barba bem cheia e o cabelo bem mais comprido; também parece mais magro.

Sei que não pode ser por causa do acidente, que aconteceu há menos de dez horas, então me pergunto como ele tem vivido esses últimos meses aqui sozinho. Me sento a seu lado em silêncio e seguro a mão dele.

A enfermeira coloca alguma coisa no soro dele, imagino que seja um medicamento, mas não pergunto, porque a única coisa que realmente me interessa é saber se ele vai acordar.

Não sei quanto tempo passa. Pode ter sido muito ou apenas poucos minutos, eu não saberia dizer, mas, de repente, sinto sua mão se mexer.

— Anne? — fala ele com a voz bem mais fraca do que eu me lembrava.

Como eu disse, ele é o único que me chama de Anne e nunca gostei muito, porque prefiro a versão diminutiva, mas hoje é o melhor som que ouvi o dia todo.

— Pai? — pergunto, me sentando na ponta da poltrona para ficar mais perto dele. — Como você tá se sentindo?

Eu queria perguntar o que aconteceu, mas acho que ele não vai conseguir me explicar e não quero que ele tenha que se esforçar muito.

— Como se eu tivesse caído sobre um contêiner de ferro.

Solto uma risada por entre as lágrimas por notar que ele consegue até fazer piadinhas.

— Você veio — fala ele, como se não acreditasse que eu fosse vir.

Consigo notar que ele tem que se esforçar para falar e parece bem sonolento, então tento aproveitar o máximo possível enquanto ele tá acordado.

— É claro que eu vim.

— Você tá parecida com a sua mãe — afirma ele, olhando para mim com olhos apenas semiabertos.

— É o cabelo — falo. — Ela sempre fazia essa trança, lembra?

Eu estou com uma trança que cai sobre o ombro direito, exatamente como minha mãe usava. Para ser sincera, nem sei quando fiz, acho que no carro enquanto Becca dirigia até aqui, mas foi algo inconsciente.

— Lembro. Ela tinha um monte de frufru para o cabelo que deixava espalhado pela casa toda — lembra ele, mas como uma memória feliz, não algo que o irritava de verdade.

— Você vivia reclamando.

— Uma vez, você engoliu um daqueles... como chama? Piranha? Você engoliu uma piranha daquelas pequenas e tivemos que trazer você pra cá.

— Eu não sabia disso.

— Você tinha seis meses — fala ele bem devagar e com bastante dificuldade. — A sua mãe ficou desesperada, não parava de chorar. Mas os médicos tiraram da sua garganta sem muito problema.

Continuo acariciando a mão dele.

— Por que você nunca me contou isso?

A expressão dele fica mais séria de repente e vejo algo cruzar seus olhos. Não sei se é raiva, remorso, tristeza... só sei que não gosto.

— Eu sei que não fui um bom pai...

— A gente não precisa falar sobre isso — corto.

— Precisa, sim — continua. — Eu já não era o melhor pai quando a sua mãe estava viva, mas eu sabia que ela fazia um ótimo trabalho. Eu sei que isso não é justificativa. Eu não devia ter deixado tudo nas costas dela, mas eu confiava mais nela do que em mim com você.

Ele tem muita dificuldade para falar e as palavras se arrastam na sua boca. Ainda assim, sinto que ele prefere pôr para fora, então deixo que fale o que quiser.

— Quando ela morreu, eu fiquei perdido, você sabe. Ela era a cola que ligava tudo. Eu não sabia como ser um bom pai e você era tão parecida com ela que confiei que se sairia bem independente da minha participação. Eu sei que tava errado. Eu sinto muito, Anne... *Annie*. Por não ter sido melhor e sinto muito não ter ficado do seu lado quando você precisou.

— Tá tudo bem, pai, isso não tem importância agora.

— Eu sinto muito por não ter estado do seu lado quando você me contou que era... — pausa. Sei que ainda é difícil para ele falar em voz alta. — Quando você me contou que gostava de garotas.

Sinto um nó se formando na garganta.

— O jeito que eu te tratei todos esses anos é o meu maior arrependimento — continua ele. — Eu deveria ter perguntado sobre a sua vida, sobre a sua namorada... essas coisas que um pai deve fazer.

— Eu posso te falar agora, se você quiser — digo, sentindo a voz embargada.

— Eu iria gostar — responde ele. — Como era o nome daquela que foi lá em casa?

— Dayse — falo.

Normalmente, eu odeio falar da Dayse, mas dessa vez, sinto que é preciso.

— Me fala sobre ela — pede ele, fechando os olhos. — Por que vocês terminaram?

— Ah, ela era legal no começo — falo. — Eu a conheci na faculdade e o senhor pode imaginar que não tem muitas garotas querendo namorar outras garotas em uma província desse tamanho, então eu achava que tinha tirado a sorte grande.

"Ela era bem divertida, era bonita e me tratava bem e eu achei mesmo que a gente iria, tipo, ficar juntas pra sempre igual você e a mamãe.

"Aí, no último verão que eu estava aqui, ela tinha ido passar as férias com a família em Toronto e, quando voltou, apenas passou a me ignorar e fingir que a gente não tinha nada e ainda espalhou mentiras sobre mim na faculdade.

"Depois eu descobri que os pais dela tinham ficado sabendo da gente e ela, tipo, negou o nosso envolvimento e disse que eu que tinha inventado essa história. Eu entendo, sabe? É difícil mesmo se assumir para a família, mas a culpa não era minha e ela não devia ter feito o que fez.

"Enfim, foi isso que aconteceu! Ela partiu o meu coração, e por isso decidi ir pra Halifax. Não conseguia ficar aqui com todos olhando estranho pra mim."

Meu pai ainda está com os olhos fechados, mas, no fundo do meu coração, eu sei que ele está escutando. Então continuo.

— Mas não precisa ficar triste por mim, porque eu conheci outra garota — falo. — O nome dela é Becca e ela é incrível...

Conto para ele sobre Becca, deixando de fora a parte do Marco e do acidente. Ele não precisa saber disso agora e não quero deixá-lo preocupado. Mas conto que ela veio comigo para que eu não ficasse sozinha, que ela sempre me convida para fazer coisas, que sempre me visita na biblioteca... conto também sobre a biblioteca, meu trabalho, sobre Eve e Raj.

Conto tudo que não contei nesse último ano e, possivelmente, os dez antes disso, desde que minha mãe morreu.

Agora tenho certeza de que ele está ouvindo porque, todas as vezes que faço uma pausa, sinto ele apertar minha mão em incentivo para eu continuar. E é o que faço.

Continuo até acabar todas as novidades, então começo a contar aleatoriedades e fatos engraçados.

— ... essa semana estamos lendo *Frankenstein* — digo. — E eu tenho certeza de que o Pete vai odiar cada segundo e falar que o Victor é um idiota e a criatura, imbecil. — Solto uma risadinha. — Inclusive, deve estar terminando agora; é sempre às segundas.

— Senhorita? — Escuto a voz de uma enfermeira atrás de mim e me viro para ela. — Lamento, mas o horário de visita acabou.

— Não posso ficar mais um pouco? — pergunto.

— Infelizmente são as regras do hospital.

— Está bem, eu só vou me despedir dele.

— Fique à vontade.

Espero ela sair para falar com meu pai mais uma vez.

— Bom, eu tenho que ir — falo. — Mas amanhã eu volto. Vou confessar que estou ansiosa para ir pra casa depois de tanto tempo. Espero que o senhor possa ir logo também. Te amo, pai.

Me levanto para deixar um beijo na testa dele e sinto mais uma vez ele apertando minha mão e sei que é o jeito de ele dizer que também me ama.

E, para mim, isso é suficiente.

***

Quando saio da UTI e volto para a recepção, encontro Becca sentada lá, fazendo palavras cruzadas, que imagino que tenha comprado na banca ao lado do hospital.

Ela demora alguns segundos para notar minha presença, mas tenho uma sensação estranha no peito ao notar que ela ainda está aqui. Que me esperou por quase três horas.

Eu achei que todas as lágrimas já tinham sido derramadas no quarto do meu pai, mas volto a chorar enquanto caminho até onde ela está. Na mesma hora, ela deixa a revista de lado e se levanta para me envolver em um abraço.

É tão injusto.

É injusto que meu pai tenha que ter passado por isso para que a gente conversasse.

É injusto que eu não possa ficar mais tempo.

É injusto que eu tenha causado essa mesma sensação nos Moretti ao atropelar o Marco.

É injusto que Becca seja *irmã* dele e literalmente a única garota com quem não posso ter nada.

É injusto.

Não consigo controlar o choro, então permito que ele saia enquanto Becca me abraça sem falar nada.

Capítulo 15

— Como ele tá? — pergunta Becca quando enfim paro de chorar.

Ela me solta do abraço, mas deixa uma das mãos na minha cintura.

— Mal — respondo, sentindo minha esperança sendo despedaçada. — Mas ele acordou uma hora e a gente conseguiu conversar.

— Isso é bom — fala ela enquanto faz círculos nas minhas costas em um gesto de apoio.

Isso me faz lembrar que tem mais pessoas preocupadas comigo e que prometi dar notícias.

— Eu esqueci que prometi ligar para a Eve! Ela deve tá preocupada.

— Eu liguei para a biblioteca — diz Becca. — Falei com ela e liguei para minha mãe também.

— Obrigada!

Sinto que nunca vou ser capaz de agradecê-la o suficiente.

— Mas se você quiser falar com a Eve, tem um orelhão logo ali — fala ela, apontando para uma cabine telefônica na saída do hospital.

— Tudo bem. Eu ligo pra ela mais tarde lá de casa.

Me lembro também de que deveria ter avisado à polícia. Eu não deveria sair da cidade sem avisar, então incluo eles na lista de ligações.

— O que você quer fazer agora? — pergunta ela. — Ir pra casa ou tem alguma outra coisa pra fazer por aqui?

— Ir pra casa!

Se eu não posso ficar no quarto com meu pai, o único outro lugar que quero estar é na nossa casa. Então guio Becca até Stonepark, o bairro onde cresci.

Ele fica bem perto do hospital e não dá nem dez minutos de viagem, mas para ser justa, tudo aqui é bem perto e não dá nem dez minutos de viagem.

Comparada a Halifax, Charlottetown é minúscula, pacata e com cara de que parou no tempo. Já anoiteceu e, durante todo o trajeto até minha casa, acho que passamos por apenas três outros carros; esse silêncio e a falta de trânsito são estranhos, porém familiares.

Estranho porque já perdi o costume morando um ano em outra cidade, mas familiar porque, apesar disso, parece que tudo continua exatamente igual.

— É essa! — Indico a casa azul-marinho com janelas brancas e porta amarela.

As árvores na frente encobrem boa parte da fachada; embora a maioria já esteja seca, o bordo em que eu costumava subir quando era criança e passava horas deitada em um dos troncos lendo ainda está com bastante folhagem vermelha.

Nosso terreno sempre foi bonito e meu pai nunca deixou de cuidar do jardim e fazer a manutenção da casa. Na época da minha mãe, tinha muito mais flores, é verdade, mas, em nossa defesa, até tentamos manter os canteiros que eram dela. O problema é que nem eu nem meu pai tínhamos a mesma habilidade para jardinagem.

Acho que chorei por três dias quando a última begônia morreu.

Becca conduz o carro pelo acesso e estaciona ao lado da casa. A caminhonete do meu pai não está aqui, então imagino que ainda esteja estacionada no porto. Faço uma nota mental de buscá-la amanhã. Penso também que deveria avisar a minha avó e as minhas tias, mas não acho que consiga fazer isso hoje, então coloco mais esse item na minha lista de coisas para amanhã.

Saímos do carro e eu caminho até a porta enquanto Becca pega as malas. Por sorte, eu mantive minha chave da casa no mesmo chaveiro que a do meu apartamento em Halifax, porque quando eu saí de lá essa manhã nem me lembrei de que iria precisar dela.

Fico parada na frente daquela porta amarela, tentando criar coragem de seguir em frente. Agora, parece que todas as lembranças boas, que eu apenas havia esquecido ou ignorado nos últimos dez anos, voltam. Parece que nem foi tão ruim assim e que nem éramos tão distantes um do outro. Para ser sincera, acho que é apenas um truque da minha mente, mas o nó na minha garganta parece crescer a cada lembrança.

Respiro fundo para criar coragem, então giro a maçaneta.

Dentro, a casa continua idêntica a como estava no dia que me mudei. Talvez um pouco mais suja, já que meu pai nunca foi muito bom com faxina. Fora isso, é como se eu tivesse saído por apenas cinco minutos, não um ano inteiro.

Mostro a casa para a Becca, começando pelo quarto de hóspedes para que ela possa deixar a mala, então voltamos à sala.

Becca me parece um ser curioso por natureza, porque olha todos os detalhes da casa com atenção, pegando as fotografias nas mãos para olhar de perto. Eu admito que gosto desse interesse dela pela minha vida e me sinto amparada por tê-la aqui comigo.

Quando ela pega um dos retratos — meu preferido — e abre um sorriso, eu já sei exatamente o que vai dizer:

— Nossa! Por um minuto, eu achei que fosse você nessa foto!

Se a foto não fosse antiga e eu não a conhecesse tão bem a minha vida toda, acho que até eu poderia me confundir.

— Você não foi a única — falo. — Eu escuto isso desde os meus treze anos.

— Eu nunca vi mãe e filha mais parecidas — diz ela, olhando do retrato da minha mãe para mim como que procurando as diferenças.

— As sobrancelhas — aponto, tentando ajudar. — As minhas são parecidas com as do meu pai.

— Mas é só isso mesmo! Todo o resto é igual: os olhos, a boca, o mesmo tom de castanho do cabelo, tudo.

Olho para a foto da minha mãe ainda nas mãos da Becca, e vejo aqueles olhos verdes, grandes e expressivos, que transbordavam ternura e delicadeza. O sorriso largo.

Os dentes incisivos sobrepondo ligeiramente os frontais, igualzinho os meus.

— Ela era linda — comenta Becca. — Vocês duas são.

Sinto minhas bochechas esquentando com o elogio.

— Ela era mesmo! — respondo, pegando o retrato da mão da Becca para olhar melhor.

Eu passei os últimos dez anos pensando em como teria sido minha vida se ela ainda estivesse viva. Como eu e meu pai estaríamos muito melhores e talvez mais próximos. Mas nunca, nem por um segundo, achei que pudesse perdê-lo também. Até receber aquela ligação mais cedo.

— E você tá bem? — pergunta Becca depois de alguns segundos de silêncio.

Balanço a cabeça de leve em negação.

— Mas vou ficar — acrescento. — Você tá com fome?

Tento mudar de assunto porque não quero falar sobre isso. Não agora, pelo menos.

— Eu comi na cafeteria do hospital enquanto te esperava, mas você deve estar.

— Não muito, na verdade.

— De qualquer forma, você tem que comer — diz ela. — Você só comeu aquele sanduíche o dia todo. Eu vou ver o que o seu pai tem na geladeira e você devia tomar um banho para relaxar um pouco.

Penso que estou mais abatida do que eu mesma imaginei, porque nem consigo oferecer resistência e faço o que ela sugere.

***

Quando saio do banho, demoro um pouco para encontrar a Becca, mas finalmente a vejo através da porta de vidro da cozinha, que dá acesso ao nosso quintal.

Ela acendeu a fogueira e está sentada em uma das cadeiras ao redor do fogo, então pego um casaco e saio pela porta para me juntar a ela.

— Esse sempre foi meu lugar preferido da casa — falo enquanto me sento a seu lado.

Essa parte existe desde que eu me conheço por gente e acredito que meus pais tenham feito antes mesmo de eu nascer. É basicamente um círculo de pedregulho no meio do gramado, com um tacho de ferro sobre uma base de madeira, onde a gente costumava acender uma fogueira e, ao redor dela, tem algumas cadeiras adirondack.

— Eu vi esse lugar e achei que seria uma boa ideia sentar aqui fora um pouco — diz Becca. — É tão calmo aqui.

— Foi uma boa ideia mesmo.

A noite está fria, mas seca; nem parece que saímos de Halifax com aquela chuva toda hoje cedo. Apesar do ar frio, o calor que emana do fogo é agradável e nos mantém aquecidas.

— Não tinha muita coisa na geladeira e armários, mas tinha pizza congelada — comunica ela, passando o prato que estava ao lado do fogo.

— Obrigada.

Eu não estou com fome, mas me forço a comer mesmo assim, porque não quero preocupar a Becca, que tem sido um anjo até agora.

— Então foi aqui que você cresceu? — pergunta depois de vários minutos de um silêncio tranquilo, apenas escutando o fogo crepitar.

Termino de mastigar a pizza antes de responder.

— Era o único lugar que tinha morado antes de me mudar para Halifax.

— E você sente falta?

— Não sei dizer — falo com sinceridade. — Porque estar aqui agora é quase como se eu nunca tivesse saído. Como se eu ainda considerasse que moro aqui e estivesse apenas passando um tempo fora, sabe?

— Acho que sim. Eu sempre morei onde moro hoje e sempre vivi no restaurante também, então imagino que, se algum dia eu me mudar, também vou demorar pra me adaptar.

— Sei lá, acho que, de alguma forma, a nossa casa da infância nunca deixa de ser a nossa casa também — digo. — Apesar disso, nesse ano que estive em Halifax, em nenhum momento tive vontade de voltar pra cá. Eu gosto do meu apartamento lá, gosto da cidade e gosto das pessoas que conheci.

Becca parece um pouco hesitante e percebo que ela vai perguntar algo pessoal.

— E, hum, o seu pai?

— O que tem ele?

— Ele talvez precise de cuidados depois.

— Eu sei — falo.

Eu já tinha pensado nisso. Eu não vou poder deixá-lo sozinho aqui e nem quero que ele tenha que escolher entre ficar na cidade onde viveu a maior parte da vida ou morar no meu apartamento minúsculo em Halifax.

Becca não pergunta mais nada sobre isso, porque ela entende. Ela sabe que não terei escolha.

O silêncio que se forma só é quebrado quando o celular dela toca e Becca tira o aparelho do bolso do casaco. Depois de olhar o visor, ela desliga e o guarda de novo.

— Você pode atender se quiser, tá tudo bem, posso ficar sozinha alguns minutos — brinco, forçando um tom de humor.

Ela sorri para mim.

— Não era importante — diz ela. — Era a Brie.

Estudo sua expressão por alguns segundos. Ela parece irritada com a ligação, mas não sei dizer ao certo se é isso mesmo.

— Ela meio que tinha me convidado para jantar hoje — fala Becca. — Porque o Moretti's não abre às segundas.

— Becca! — exclamo. — É melhor você atender e explicar, então.

— Eu já deixei um recado na secretária eletrônica dela quando a gente tava lá no hospital — conta ela, elevando os ombros. — Ela deve tá ligando para tirar satisfação.

Observo seu rosto por um tempo. Ela me olha com a expressão tranquila enquanto termino de comer as migalhas do que antes foi uma pizza de muçarela, bacon e tomate.

— Você não parece muito triste em perder esse jantar — comento.

— Eu não tô.

— Se você não queria ir, por que aceitou?

Pela primeira vez, sinto ela desconfortável e me pergunto se cruzei alguma linha que não deveria. O olhar dela se volta para o fogo que crepita na nossa frente.

Por um segundo, acho que ela nem vai me responder.

— Porque ela tá disponível — fala de maneira enigmática.

— Isso não é motivo o suficiente para sair com alguém.

— É, quando você não tem muita opção!

Ah!

Apesar de eu saber exatamente ao que ela se refere, a resposta me pega de surpresa.

Eu sei que Halifax não é muito diferente de Charlottetown nesse aspecto, também é uma cidade pequena e, apesar de agora nos anos 1990 as coisas serem muito melhores do que eram no passado, as pessoas ainda são muito preconceituosas. Muitas, inclusive, com elas mesmas.

Ainda assim me parece absurdo que uma mulher, tipo, perfeita igual a Becca, se submeta a sair com alguém só porque ela está "disponível".

— Você merece coisa bem melhor que uma garota com nome de queijo mofado — falo.

Becca solta uma risadinha, mas que soa meio triste.

— Você não entende — declara ela.

Mas eu entendo!

Entendo muito melhor do que ela imagina, inclusive, e gostaria de poder falar isso para ela. Gostaria de poder contar tudo da minha vida. Gostaria de contar a verdade sobre o Marco. Sobre a Daisy. E, principalmente, sobre como meu estômago se contorce de ansiedade todas as vezes que sei que vou vê-la. Mas não posso.

Não posso correr o risco de ela me odiar bem agora.

Ainda assim, decido que vou contar a verdade, independentemente de quanto tempo Marco demore para acordar. Vou contar quando voltarmos, porque ela merece saber.

Todos eles merecem.

***

Ainda são seis e trinta e dois da manhã quando escuto o telefone da sala tocar.

Sinto meu coração parar um instante. Eu nem tenho certeza se cheguei a dormir, mas sinto como se estivesse em um sonho. Caminho até a sala sentindo o coração acelerar a cada passo.

Encontro Becca na saída do quarto de hóspedes e pela sua cara, sei que pensou o mesmo que eu. Que o que quer que tenha no outro lado da linha, não pode ser coisa boa.

Respiro fundo antes de tirar o telefone do gancho.

— Alô?

— Senhorita Fisher? — A voz gentil, porém objetiva do outro lado da linha é a primeira pista que eu preciso. — Temos más notícias...

Sinto meu mundo todo girar enquanto ela usa muitas palavras médicas para dizer apenas uma coisa. Uma única coisa horrível.

Desligo o telefone quando a mulher do outro lado para de falar e sinto meu corpo cedendo. Em poucos segundos, estou no chão frio da sala do meu pai, chorando, e Becca está a meu lado.

— Meu pai morreu — anuncio.

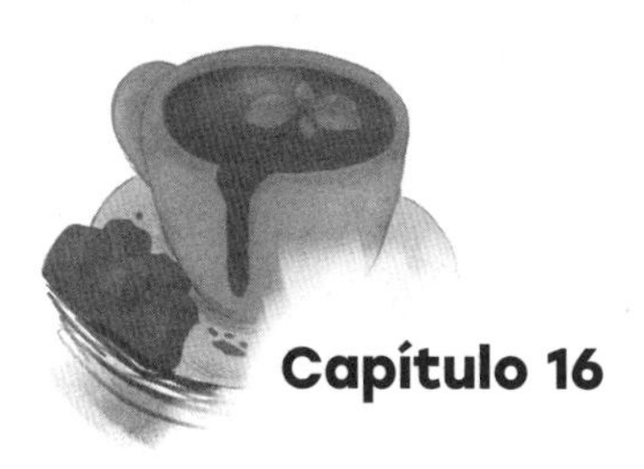

Capítulo 16

Sinto que estou em piloto automático.

Não tenho tempo para sentir nada porque sou soterrada por uma avalanche de obrigações: tenho que ligar para os parentes e amigos do meu pai, tenho que resolver a burocracia funerária, escolher a roupa dele para o velório, escolher uma foto, tenho que ir ao porto pegar a caminhonete dele, ir ao banco, à seguradora...

Sinto que estou em piloto automático.

E não importa o quanto eu insista para Becca voltar a Halifax, ela não arreda o pé do meu lado. Sharon e Mario me convencem de que eles estão se virando sem ela no restaurante quando me ligam para prestar as condolências.

Não vou mentir que prefiro que ela esteja aqui. Nem sei como estaria lidando com tudo sem ela. Mas me sinto culpada.

Ainda *mais* culpada.

Pelo menos, Sharon me falou que os sinais de Marco estão melhores e que agora é apenas uma questão de tempo até ele acordar.

Algo que me causa felicidade e angústia em proporções quase iguais.

— Eu liguei pra sua tia Kris — fala Becca, entrando na sala de jantar, onde estou tentando entender os documentos que a seguradora me mandou por fax há pouco. — Ela era a última que faltava.

Meu pai nasceu em Vancouver; ele veio para cá quando ainda era bem jovem para trabalhar e acabou ficando quando conheceu minha mãe. Mas toda a sua família ainda mora lá e tivemos que ligar para todos para avisar. Becca me ajudou com as ligações.

Por conta da viagem da minha avó e das minhas tias, que terão que cruzar o país, marcamos o velório para depois de amanhã.

— Obrigada.

Como eu disse, eu nem sei como estaria me virando sem ela.

Becca se senta a meu lado enquanto leio o resto do papel. Eu nunca fui boa com burocracia, mas me esforço para entender o que esse monte de documentos significa.

— Acho que ele recebe uma indenização — comento. — Por ter se acidentado no porto.

— Faz sentido — diz Becca. — Foi um acidente de trabalho.

— Pelo que entendi, todos os funcionários têm um seguro para esse tipo de acidente, com o beneficiário sendo o próprio trabalhador ou alguém indicado em caso de falecimento.

— Quem é o beneficiário do seu pai? — pergunta Becca, colocando uma das mãos nas minhas costas.

Coisa que ela passou a fazer com frequência desde que chegamos aqui.

— Eu — falo de forma mecânica e entrego o documento para ela.

Vejo os olhos dela percorrerem o papel rapidamente até chegar ao final em que estão discriminados os valores a serem pagos. Ela solta um assobio e ergue as sobrancelhas.

É mesmo um valor considerável.

O único problema é que esse dinheiro é uma troca pela vida do meu pai.

Quando minha mãe morreu, foi meu pai que cuidou de tudo e acho que até hoje eu não havia entendido direito o que ele sentiu naquele momento. Eu pude viver meu luto livremente. A única coisa que eu precisava me preocupar era com isso. E me lembro de ficar com raiva do meu pai por parecer tão apático o tempo todo durante a primeira semana, como se ele não estivesse se importando. Como se fosse apenas um inconveniente, não uma tragédia.

Mas agora eu entendo. Eu não tenho tempo para viver meu luto dessa vez. Eu tenho um monte de coisas para resolver primeiro, antes de poder sentir qualquer coisa. Eu devo isso a ele; assim como ele devia à minha mãe.

Então foco toda minha atenção nos documentos à minha frente.

— A casa também passa pra mim — falo. — Não sei ainda o que fazer com ela.

— Você não precisa fazer nada agora, Annie — diz Becca e pega minha mão entre as suas. — Ninguém espera que você resolva tudo em uma semana.

Mas eu preciso.

Preciso resolver para poder sentir.

Olho para nossas mãos sobre a mesa de madeira maciça que foi responsável por mais acidentes do que eu consigo me lembrar.

— Quando eu tinha uns sete anos — conto —, eu tava correndo pela casa atrás do Fluffy, o nosso cachorro, e tropecei neste tapete. — Aponto para o tapete sob nossos pés. — Eu caí de cara na quina da mesa. Foi assim que consegui essa cicatriz — digo e mostro uma pequena cicatriz acima do meu supercílio para ela.

Essa mesa está aqui há mais tempo que eu, e sempre esteve nesse mesmo lugar, não consigo imaginá-la em outro lugar ou pertencendo a outra pessoa. Eu simplesmente não sei o que fazer, porque me parece maluquice vender uma casa com tanta história, mas ao mesmo tempo, não quero ficar aqui só para me lembrar do que eu perdi.

— Você tem cara de ter sido uma pestinha! — afirma Becca, abrindo um sorriso, que compartilho.

Talvez esse seja o primeiro do dia.

— Eu era filha única — justifico. — Tinha que me divertir de alguma forma.

Mas ela tem razão, eu era uma pestinha mesmo, vivia com os joelhos e cotovelos ralados.

— Eu tinha dois irmãos, mas meio que tinha que me divertir sozinha também — diz Becca. — Porque o Gigio é treze anos mais velho que eu, e o Marco... bom, você conhece ele, só queria jogar videogame e ler.

— Teria sido legal conhecer você na infância. — Não tenho certeza do porquê falo isso, mas quando me dou conta, já saiu.

— Teria mesmo — responde Becca. — Eu teria te ensinado a jogar hóquei.

— Espera, você joga hóquei? — pergunto, surpresa.

Hóquei não é exatamente conhecido por ser um esporte delicado. Eu tenho um amigo que perdeu dois dentes em um jogo e outro que quebrou sei-lá-quantas costelas.

— A minha equipe foi campeã por três anos seguidos em competições estudantis.

Ela tem um sorriso convencido que é uma gracinha.

— Não acredito!

— Eu era atacante.

— Não esperaria menos — digo. — Central?

Ela assente com a cabeça, parecendo orgulhosa disso.

— Você ainda pode me ensinar — continuo. — Eu sei patinar decentemente.

— Você tem cara de que fez patinação artística — fala ela.

— Na verdade, não, eu gostava de patinação de velocidade.

— Olha! — exclama ela, parecendo impressionada. — Nesse inverno a gente pode ir lá no Oval, aí eu te ensino alguns movimentos de hóquei. O que você acha?

Oval é um parque que tem uma pista pública de gelo e fica bem perto da minha casa. Eu até cheguei a patinar lá algumas vezes no inverno passado, mas como nem a Eve nem o Raj gostam muito, era meio chato ir sozinha.

— Combinado.

Becca sorri para mim e vejo, pelo jeito que ela me olha, que está feliz de ter me alegrado um pouco.

Eu também estou.

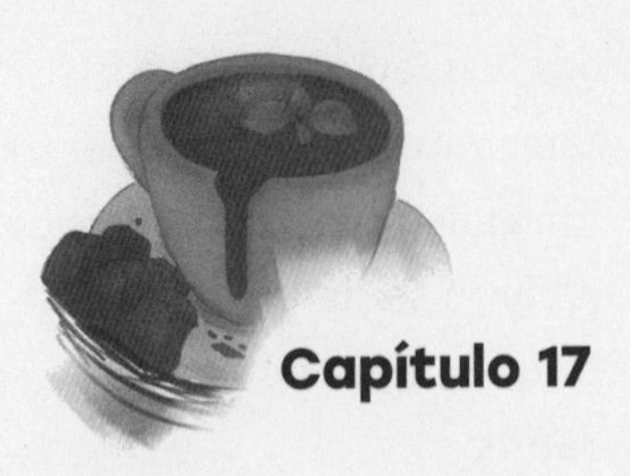

Capítulo 17

Eu não sei direito o que acontece essa semana; o tempo passa de maneira estranha e, quando me dou conta, já é sexta-feira à tarde.

Estamos no cemitério.

Todo velório, cerimônia e discursos ocorrem sem que eu note. Não consigo me lembrar de nada que aconteceu ou foi dito, nem do que conversei com as irmãs do meu pai e com minha avó.

Só lembro que foi estranho falar com elas e eu queria que acabasse logo.

Não porque eu não goste delas, é só que eu mal as conheço. A última vez que as vi, foi quando minha mãe morreu. Nem meu pai, nem suas irmãs e mãe faziam muita questão de manter contato, e sempre foi minha mãe que o incentivou a visitá-las ou convidá-las para nossa casa.

Ainda assim me esforço para dar atenção a elas, porque uma coisa que o acidente do meu pai me ensinou é que falta de comunicação nem sempre significa falta de amor.

Mas hoje é o enterro, e nada passa de maneira automática ou sem que eu sinta. Hoje, toda a realidade me atinge em cheio.

Ver o caixão do meu pai descendo no mesmo jazigo que vi o da minha mãe dez anos antes é como um soco de realidade que estava tentando evitar sentir.

Os flashbacks não só do enterro da minha mãe, mas dos meses que se seguiram, em que eu sentia como se nunca mais fosse ser feliz de novo, voltam e aquela sensação de desesperança me toma pela segunda vez na vida.

Sinto as lágrimas, que não caíram mais desde que recebi a notícia, voltando a inundar meus olhos. Sinto tudo aquilo, que tive que colocar de lado para poder focar na parte burocrática, voltando.

A mão da Becca encontra a minha e entrelaço nossos dedos enquanto o caixão termina de ser abaixado.

Quando me dou conta, sou oficialmente órfã.

***

Todos já se foram.

A família do meu pai havia se hospedado em um hotel a poucos minutos da nossa casa, mas foi quase como se tivessem se hospedado aqui, porque estive com eles quase o dia todo e não via a hora de todos irem embora.

Mas, agora, com a casa em silêncio mais uma vez, sinto certa falta do barulho.

Becca me acompanha até meu quarto e espera que eu me deite.

Eu quero falar para ela que não precisa me tratar igual a uma criança, que estou bem, mas, quando abro a boca para pedir isso, não é o que falo.

— Você pode ficar aqui um pouco? — peço.

— Claro — responde ela e se senta na minha cama.

Ela se encosta na cabeceira e, como é uma cama de solteiro, oferece seu ombro. Não tenho energia para negar uma coisa dessas, então me deito ali.

Não sei quanto tempo ficamos naquela posição, mas sinto de novo meus olhos umedecendo com as lembranças do dia.

Por que tem que ser tão injusto?

Becca tenta enxugar minhas lágrimas, então abre o braço em que estou apoiada e quando me dou conta, estou com a cabeça no seu peito enquanto ela me envolve com o braço. Acho que é uma tentativa de me confortar.

Funciona.

Funciona até demais.

A sensação ruim que sentia no peito dá lugar, por um momento, para algo diferente, não menos intenso, mas muito mais agradável. Eu sei que não deveria sentir o que estou sentindo, mas é muito melhor do que sentir apenas tristeza.

Acho que Becca também percebe que o clima muda de repente, e que nós, provavelmente, não deveríamos estar nessa posição, então ela para de acariciar meu braço por um segundo.

Ergo os olhos na direção dela tentando descobrir se ela está preocupada ou arrependida de estar aqui, mas, na hora que ergo a cabeça, ela abaixa a sua, parecendo que ia falar alguma coisa.

O que quer que ela fosse falar, nunca é dito, porque nosso rosto fica a milímetros de distância e qualquer palavra se perde em meio a nossa respiração.

Tudo que sinto é um desejo imperativo de sentir qualquer outra coisa além de tristeza e nem penso antes de cortar a distância entre a sua boca e a minha.

Capítulo 18

Os lábios dela são quentes e macios, e essa é a primeira sensação boa que sinto em dias.

Becca é pega de surpresa, mas não se afasta. Pelo contrário, ela também me beija de volta.

Não é um beijo supersensual nem nada assim; é um beijo lento e carinhoso. Sem língua, sem mãos afoitas, apenas nossos lábios se tocando com suavidade e sem nenhuma pressa.

É uma sensação mágica, que eu não quero que acabe tão cedo. É como se eu estivesse sendo transportada para uma outra realidade onde tudo se resume ao calor e à maciez do toque dela.

Infelizmente, é rápido demais; e do mesmo jeito que começa, acaba...

— Humm, Annie? — fala Becca, afastando a boca da minha. — É melhor... é melhor não.

Ela me afasta, me empurrando de leve pelo ombro e, quando me dou conta, não estou mais sentindo o calor dela. Seu olhar é ao mesmo tempo apreensivo e carinhoso, como se ela estivesse com medo de me deixar ainda pior, mas também não quisesse que isso se intensificasse ainda mais.

É pelo jeito que ela me olha agora que percebo que não deveria ter feito isso. Que não deveria ter a beijado. O nó na minha garganta volta, e sinto meus olhos umedecendo outra vez.

Pelo meu pai, por mim, por ela. Por tudo.

— Desculpa — peço, sentindo tudo desmoronando de novo.

Eu não queria ter beijado ela, mas também é o que eu mais queria. Pensando bem, o que queria era que eu não estivesse mentindo para ela sobre algo tão grave.

Eu fico com a impressão de que, se não fosse o Marco, talvez ela pudesse se interessar por mim também, mas sei que acabei com todas as chances quando quase matei o irmão dela com meu carro.

— Você tá triste e confusa — fala ela de maneira mais séria que o normal. — Eu entendo.

Dessa vez, por mais que eu me esforce, não consigo parar de chorar e chego à conclusão de que talvez seja melhor colocar tudo para fora de uma vez. Becca não se afasta de mim por completo e ainda continua me abraçando, mas sei que é porque está preocupada.

Tudo bem, eu não vou tentar beijar ela de novo, por mais que seja isso mesmo que eu queira fazer, então ficamos assim em silêncio por um bom tempo e acho que, em algum momento, pego no sono.

Infelizmente, eu acordo sozinha na minha cama.

***

No caminho de volta para Nova Escócia, sinto um clima meio estranho entre nós duas. Eu não sei o que Becca está pensando sobre o beijo, mas consigo perceber ela se esforçando para me animar e sei que é porque estou com a cara péssima.

Por mais que eu tente, não consigo disfarçar toda a tristeza que estou sentindo.

E nem é só pela morte do meu pai. É por tudo. Pela minha mãe, pela ausência dele depois que ela se foi, pela nossa incapacidade de conversar e a forma como praticamente cortamos relações quando me mudei. E também é pelo Marco.

E pela Becca.

Eu não consigo entender por que tudo isso está acontecendo, porém mais do que nunca preciso que o Marco acorde e que essa mentira acabe.

— Alguma notícia do Marco? — pergunto com um misto de medo e esperança.

Embora esteja dirigindo, Becca me encara por um momento. Acho que a culpa está estampada na minha cara, embora ela não saiba o real motivo.

Quem dera meu crime fosse apenas ter traído meu pseudonamorado.

— Tudo na mesma — diz ela, se voltando para a estrada mais uma vez. — Mas a minha mãe disse que parece que ele teve alguma atividade cerebral ou coisa assim. Eu não entendo direito esses termos médicos, mas eles meio que acham que é possível que ele acorde logo, embora não saibam dizer quando.

— Ele vai acordar — falo, quase como uma prece.

Tipo, não é possível que eu mate uma pessoa e perca meu pai no mesmo mês. Não, eu não sou boa de matemática, mas tenho certeza de que a estatística para essa combinação horrorosa de acontecimentos em um período tão curto deve ser baixíssima.

Marco precisa acordar!

A mão da Becca encontra a minha, que está sobre minha coxa, e faz um carinho, mas dura apenas um segundo. Ela tira tão rápido que não tenho dúvidas que voltou a lembrar do nosso beijo.

Sorte a dela conseguir esquecer, nem que seja por alguns minutos. Porque a sensação dos lábios dela nos meus está colada com supercola no meu cérebro.

O resto da viagem é mais tranquila e falamos apenas sobre amenidades. É bastante óbvio que ela está se esforçando para me manter com a mente ocupada para não ficar pensando demais no meu pai.

Eu sei que ela se sente culpada pelo que aconteceu, e eu me odeio por fazê-la se sentir assim, por isso eu pretendo manter minha palavra. Pretendo contar tudo para ela assim que as coisas se acalmarem um pouco no meu coração.

Ela merece saber!

Quando chegamos a Halifax, já é fim de tarde e tudo o que eu preciso é de um banho quente e deitar na minha cama. Becca se despede de mim com um abraço, que me esforço ao máximo para não ficar esquisito demais depois do beijo, então ela me faz prometer que vou almoçar com sua família no dia seguinte. Segundo ela, todos estão muito preocupados comigo.

Não tenho vontade de fazer nada, nem de desfazer a mala, nem de ir aos Moretti, nem de trabalhar na segunda-feira... mas não sou capaz de recusar um convite dela.

Então apenas concordo e entro em casa.

Na manhã seguinte, acordo confusa. Foram apenas cinco dias, mas meio que me acostumei a acordar na minha antiga cama, me acostumei com o sol da manhã que entrava pela janela e me acostumei a tomar café da manhã com Becca.

Olho no relógio da cabeceira e vejo que são apenas seis da manhã, então deixo meu corpo cair de volta na cama. Mesmo sabendo que não voltarei a dormir, não tenho nenhuma pressa para me levantar. Ainda mais para tomar café da manhã sozinha.

Não faço absolutamente nada de útil durante a manhã inteira, apenas espero o horário de ir até a casa dos Moretti. Como o restaurante só abre à noite, o almoço é no apartamento deles.

Quando chego, todos eles me recebem com vários abraços e palavras de apoio, me lembrando que eles são as pessoas mais maravilhosas do mundo.

— Como você tá, querida? — pergunta Sharon enquanto me abraça.

— Bem — minto, porque não sei o que mais dizer.

— Você tá tão abatidinha — fala Nonna Rosa quando me cumprimenta. — Becca, você não fez com que ela comesse?

— Eu tentei, *nonna* — responde Becca, e noto que ela está meio sem jeito. — Mas ela é teimosa.

É claro que aquele beijo ainda paira sobre nós.

— Hoje você vai comer bastante — afirma Sharon, colocando a mão nas minhas costas para me guiar até o sofá. — Mario está preparando aquela massa de queijo que você adora.

— Não precisava, Sharon — falo. — Mas eu agradeço.

Alex e Tommy me recebem com abraços também, mas não com a energia que me acostumei vindo deles, o que me diz que seus pais explicaram a eles que estou triste.

Passo alguns minutos brincando com os dois e, em pouco tempo, o tom polido e mais sério passa e eles voltam a falar e rir como sempre, como havia me acostumado. Fico aliviada, porque me sinto bem mais normal assim.

O almoço é, na verdade, um banquete com carne assada, purê de batata, molho de carne, legumes, salada, a massa de queijo que, pelo jeito, Mario fez especialmente para mim, e sobremesa. Desconfio que seja o jeito de Sharon garantir que eu não fique subnutrida ou coisa assim.

— Tem algo que você queira fazer hoje, querida? — pergunta Sharon assim que terminamos de comer a sobremesa, que era uma torta de cereja deliciosa.

— Hum... tem sim — respondo. — Eu queria visitar o Marco.

Não consigo evitar olhar para Becca nesse momento, mas ela desvia os olhos de mim parecendo meio incomodada.

Eu preciso contar para ela!

E logo.

Sharon, diferente da filha, abre um sorriso caloroso.

— A gente te leva hoje à tarde — diz ela. — Nós também queremos vê-lo.

— Obrigada.

Embora Becca pareça meio estranha, ela não me evita como imaginei que aconteceria. Ela continua me tratando como sempre tratou, talvez com um pouco mais de distância, mas com a mesma gentileza e cuidado.

Para ser sincera, eu estou quase torcendo para ela começar a me tratar mal e ser grossa. Pelo menos seria bem mais fácil para mim.

Mas ela é, tipo, a pessoa mais perfeita do mundo todo!

Eu *realmente* não deveria a ter beijado aquele dia. Não apenas pelo motivo óbvio de que ela acha que é minha cunhada, mas também porque agora tudo que eu consigo pensar são nos lábios dela e em como eu queria poder repetir aquele beijo.

Mais que repetir, queria ir além. Queria poder beijá-la de verdade. Não um beijo como o que trocamos, mas um beijo pra valer.

Em vez disso, passamos a tarde toda com o irmão dela, que ainda é meu falso-namorado/vítima.

Como eu fui me meter nesse buraco?

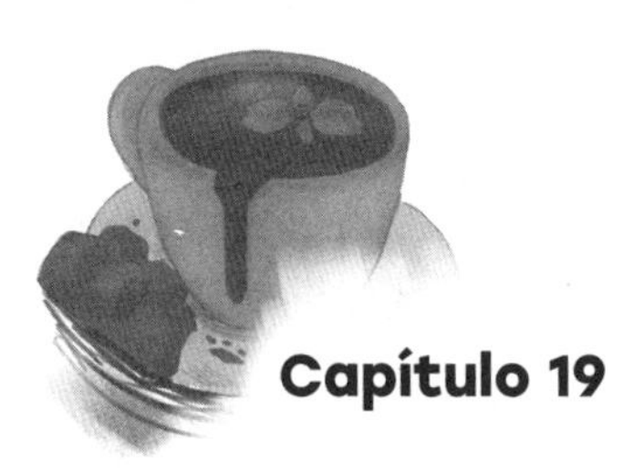

Capítulo 19

— Annie! — exclama Eve e corre até mim quando me vê na segunda-feira de manhã. — Como você tá?

Ela me abraça antes que eu possa responder.

Quando nos afastamos, ela indica com a cabeça uma das salas de estudo para que a gente possa conversar sem atrapalhar os leitores matinais da biblioteca. Eu a acompanho em silêncio.

— Como você tá? — repete assim que fecha a porta e se vira para mim.

A verdade é que não sei.

Estou sentindo tanta coisa, que às vezes parece que não estou sentindo nada; tipo, a asa de um beija-flor, sabe? Que bate tão rápido que parece que tá parada.

— Bem — falo sem muita convicção. — É estranho porque eu não falava com ele há um ano, mas agora o pensamento de simplesmente nunca mais falar com ele é, não sei, doloroso.

— Você pode tirar mais essa semana se você quiser — diz Eve, colocando a mão sobre meu braço. — Se você precisar de mais um tempo, eu me viro.

— Obrigada — respondo. — Mas eu preciso de alguma coisa para me ocupar mesmo, e nada melhor que o trabalho para isso.

No sábado, quando voltei de Charlottetown, não tinha vontade de fazer nada e achei que não conseguiria voltar a trabalhar essa semana, mas hoje acordei precisando de algo para me distrair.

— Está bem — afirma Eve com um sorriso empático. — É que você ainda tá com a carinha meio abatida.

Eu sei que Eve realmente está preocupada comigo e fico muito agradecida por isso.

— Não é só pelo meu pai... — falo de maneira reticente.

— O que você quer dizer?

— Eu acho que fiz besteira!

— Besteira? Que tipo de besteira? — pergunta Eve, parecendo meio confusa.

— Com a Becca — respondo, sentindo a culpa voltar. — Eu meio que... beijei ela.

— Annie! — exclama Eve, arregalando os olhos.

— Eu sei, eu sei... ela acha que é minha cunhada! Mas eu não sei, eu tava triste e ela tava ali e eu não queria me sentir mais triste... sei lá, quando eu vi, já estávamos nos beijando.

— Me conta isso direito — pede Eve, se sentando junto a uma das mesas da sala de estudo e me puxando para que eu me sente ao seu lado.

Então conto tudo que aconteceu na última semana e como a Becca foi, tipo, a melhor pessoa do mundo, o que não ajudou em nada na quedinha que eu já tinha por ela.

— Ela ficou horrorizada — falo ao fim da história. — Tipo, por trair o próprio irmão, mesmo que tenha sido eu a iniciar...

— Mas ela te beijou também? — indaga Eve, ansiosa pela resposta, mas não respondo de imediato.

A verdade é que essa mesma pergunta ficou martelando na minha cabeça desde aquele dia.

Eu não tenho certeza, mas...

— Acho que sim — respondo. — Foi meio rápido, porque logo ela se afastou, mas eu acho que primeiro ela retribuiu o beijo. Acho que ela me beijou também.

— Que confusão, Annie!

— Nem me fala — digo, deixando a testa cair sobre minhas mãos, que estão apoiadas na mesa.

— Você deveria contar a verdade pra ela.

— Eu sei! — respondo, com a cabeça ainda apoiada. — Eu vou.

— Como você acha que ela vai reagir? — pergunta Eve.

— Não faço ideia. Porque não é só o fato de eu ter atropelado o irmão dela, mas eu ter mentido também.

— Eu realmente acho que você vai precisar contar, mas primeiro é importante que você se cuide. Você tá em um momento difícil, tira uns dias para sentir o que precisa sentir, depois você conversa com a Becca.

Apenas balanço a cabeça em uma mistura de compreensão e agradecimento.

— Mas eu acho que ela vai entender — conclui Eve.

É tudo que eu mais quero.

***

Me enterro no trabalho o resto da semana e resolvo até as coisas que estavam na minha lista de afazeres há mais de um mês. É bom ter algo para focar em vez de pensar em tudo que tem acontecido, ainda que eu tenha precisado falar com o advogado do porto algumas vezes esses últimos dias.

Com a Becca, no entanto, não falo há quase uma semana, desde que almocei com sua família no domingo passado.

O que eu acho que é bom, porque a gente precisava mesmo de um tempo longe para aclarar a situação e foi exatamente por esse motivo que recusei o convite para jantar no Moretti's hoje.

Este é o primeiro sábado à noite que não janto com eles desde que os conheci. Mas acho que eles entenderam que eu ainda não estou no clima, porque não insistiram. O que sem dúvida não é habitual deles, mas apreciei o gesto.

Nesse momento, estou largada no sofá procurando, há não sei quanto tempo, alguma coisa que me entretenha na TV, mas nada parece interessante o suficiente.

Estou assistindo a um comercial do Tamagotchi e tentando entender qual é o apelo de um bicho virtual que só come e, ao que parece, morre, quando escuto a campainha tocar. Levo um susto, afinal não estou esperando ninguém e todo mundo que eu conheço aqui em Halifax tinha compromisso nessa noite.

Ainda assim, caminho até a porta e quando a abro, dou de cara com Becca segurando uma garrafa de vinho em uma das mãos e uma sacola com fitas de vídeo na outra.

— Oi — diz ela parecendo meio incerta sobre aparecer assim sem avisar.

— Você não devia tá trabalhando? — pergunto meio desconfiada.

— Eu tenho um banco de horas bem extenso — explica com um sorrisinho.

— Becca! — repreendo.

— É verdade, eu juro! — acrescenta ela, erguendo as mãos em rendição. — Mas se você preferir ficar sozinha, tudo bem, eu entendo...

— Não, não! — Me apresso em dizer enquanto pego o antebraço dela e a puxo para dentro. — Eu adorei que você veio, entra.

— Eu não liguei, porque achei que você ia recusar — fala enquanto a guio até a sala.

Nos sentamos uma de frente para a outra. Eu no sofá, ela na poltrona.

— Acho que ia mesmo. Não quero abusar demais e correr o risco de perder o vale-família no restaurante porque praticamente sequestrei uma funcionária — brinco.

— E pensar que toda aquela insistência pra pagar a conta era balela.

— Ei! — me defendo. — Não era balela, mas é que agora eu fiquei mal-acostumada.

— Eu devia ter escutado a minha *nonna* e trazido uma marmita pra você, então.

— Não é pra tanto — falo, sorrindo. — A gente pode pedir uma pizza.

— Foi o que eu pensei.

— Do Moretti's? — pergunto, soltando uma risada que ela compartilha.

— Se você jurar não contar para ninguém, especialmente pro meu pai, eu te falo qual é a melhor pizzaria da cidade.

— Como assim? — questiono. — Não é a do Moretti's?

— A nossa é uma delícia — fala ela, se defendendo. — Mas a do Tomavinos, ali no fim da South, é a minha preferida.

— Eu não acredito no que tô ouvindo! — brinco, fingindo estar indignada.

— E, sei lá, faz muito tempo que não como, porque, bem, você sabe, não posso ficar pedindo essa pizza lá em casa.

Acho uma gracinha o jeito que ela parece meio tímida falando isso, como se fosse mesmo uma desonra para a família ela gostar de outra pizza.

— O seu segredo está seguro comigo — digo.

— Obrigada! — Ela sorri para mim.

Eu juro que faria qualquer coisa que ela pedisse, só para ela sorrir para mim de novo. Me perco nesse sorriso por algum tempo até perceber que o silêncio tomou conta da casa.

Resolvo consertar rapidamente:

— E o que você tem aí de bom? — Aponto para a sacola de filmes que está na sua mão.

Ela abre a sacola e me passa as duas fitas, antes de responder:

— *Seis dias, sete noites* e *Alguém muito especial*.

— Esse eu já vi mais de uma vez, mas eu adoro, não me importo em ver de novo! — falo sobre *Alguém muito especial*.

Não vou mentir, eu só gosto desse filme porque, na minha cabeça, é a Watts e a Amanda Jones que ficam juntas, e o Keith é só o melhor amigo mesmo.

— Eu também! — diz Becca animada.

Aposto que ela iria concordar comigo que esse casal faz muito mais sentindo que Watts e Keith.

— Mas *Seis dias, sete noites* também parece ótimo — adiciono.

— Qual você quer ver? — pergunta ela.

— Podemos ver os dois — respondo. — Se ficar muito tarde, você pode dormir aqui...

Espera, eu falei isso em voz alta?

Recebo minha resposta quando os olhos da Becca se arregalam e uma expressão um tanto apavorada se forma na cara dela.

— Eu, é... eu preciso ir pra casa, amanhã cedo eu tenho, humm... compromisso.

— Claro, é... claro! — falo, sentindo o clima ficar meio tenso. —Você, humm, já tá com fome? Já posso pedir a pizza?

— Uhum.

— Vou procurar o número desse Tomavinos e depois abrir o vinho.

— Pode deixar que eu ligo, tenho o número na agenda do meu celular — diz ela. — O que você quer?

Você, penso.

Mas como tenho quase certeza de que ela está se referindo ao sabor da pizza, respondo:

— *Pepperoni*.

— Beleza.

— Eu só vou abrir o vinho. Se quiser, pode ir colocando o filme...

— Podemos começar com *Alguém muito especial*?

— Com certeza!

Vai ser meio estranho ver esse filme com ela, porque foi uma das primeiras histórias que me fez questionar minha sexualidade. Tipo, para mim era muito claro que a Watts e a Amanda deveriam mesmo ficar juntas e, quando percebi que só eu achava isso, bom, as coisas ficaram consideravelmente mais óbvias para mim.

Depois disso, passei por uma fase em que eu era apaixonada pela Mary Stuart Masterson, afinal ela era não apenas a Watts, mas também a Idgie Threadgoode em *Tomates verdes fritos*, meu filme preferido.

Queria poder falar essas coisas para Becca e perguntar como foi a experiência dela, como foi sua saída do armário para a família, quando ela percebeu que gostava de garotas. Queria perguntar se ela é lésbica ou se também se interessa por garotos. Queria perguntar um monte de coisas, mas sei que não devo. Pelo menos não enquanto eu não contar toda a verdade.

Não me parece justo fazer ela se abrir sobre coisas tão íntimas enquanto minto descaradamente.

Quando volto da cozinha com o vinho e duas taças, Becca já está acomodada no sofá pronta para dar o play.

— Eu quis aprender a tocar bateria por causa desse filme — compartilha Becca assim que o filme começa com a cena da Watts tocando bateria no quarto.

— Espera, você sabe tocar bateria?

E eu achando que não poderia ficar mais atraída por ela!

— Sei... mas, assim, não vou ser chamada para nenhuma banda de rock tão cedo — fala ela, rindo.

— Mas você sabe tocar?

— Sim — confirma ela. — Tem uma bateria no meu quarto. Você não esteve lá ainda, né?

Ainda.

— Não.

— Bom, qualquer hora eu te mostro — diz ela. — Mas o Nonno Pepe me fez jurar que não iria ficar tocando quando a família estivesse em casa... só que eles tão sempre lá!

Solto uma risada da carinha de desespero dela.

— E quando eles tão, sei lá, no restaurante, eu também tô — continua ela.

— Menos agora — falo.

— Menos agora — repete ela com um sorriso de lado.

Logo voltamos mais uma vez a atenção para o filme e quarenta minutos depois a pizza chega.

Confesso que, antes da Becca chegar, eu nem estava com fome e muito provavelmente iria pular o jantar. Mas agora, depois da primeira taça de vinho e de sentir o cheiro da pizza, meu estômago está até se contorcendo de expectativa.

Não perco tempo e ataco a pizza.

Eu acho que essa é a primeira vez que estou comendo sem ter que me esforçar para isso desde a notícia do acidente do meu pai, então considero um bom sinal.

— Eu não quero magoar o seu pai, mas essa pizza é mesmo uma delícia! — falo.

— Eu sei! — diz ela. — Eu acho que o segredo tá na fermentação.

Eu não entendo nada de panificação ou fermentação, então só aceno com a cabeça, para minha ignorância não ficar tão óbvia. Mas acho que ela nota mesmo assim, porque solta uma risada.

— Eles têm um fermento vivo especial, que deve estar na família há muitos anos. Por isso a massa é leve assim — explica ela.

— Vivo?

— É, fermento natural, sabe? Você vai alimentando com mais farinha para não morrer...

Morrer?

— Igual a um Tamagotchi? — pergunto, verdadeiramente confusa.

Becca solta uma gargalhada, que, para mim, é o som mais lindo do mundo.

— É, pode ser — diz ela, balançando a cabeça. — Tipo um Tamagotchi.

— E vocês não têm?

— Não, meu pai tem uma receita do meu *nonno*, mas é com fermento seco — conta ela. — Mas eu aposto que eu poderia fazer um fermento para brigar com o do Tomavinos. O clima aqui de Halifax, com a maresia e a umidade baixa, é perfeito para um bom fermento.

Eu, honestamente, não faço a menor ideia do que ela está falando, mas sua empolgação me diz que é uma coisa, tipo, muito legal.

— Você deveria fazer — falo, tentando incentivá-la. — Tenho certeza de que seria muito melhor que essa!

— Eu não quero magoar o meu pai, nem ficar dando pitaco no restaurante que tá prosperando desde 1952.

— E aquele lance de estudar na Itália?

— Eu ainda penso — responde ela. — Mas não sei ainda.

— Você devia ir!

— Talvez... — Ela deixa a frase meio suspensa.

Fico com a impressão de que ela não quer falar sobre isso agora, então não insisto mais e acabamos voltando ao filme.

Quando o primeiro deles acaba — de forma muito insatisfatória, na minha opinião —, aproveito para recolher os pratos e completar nossas taças com o resto do vinho.

Volto para meu lugar ao lado da Becca e espelho sua posição, deslizando as costas no sofá e esticando as pernas sobre a mesa de centro.

Não sei se é o vinho ou a calefação ou a combinação dos dois, mas está mais quente. Acho que Becca também sente, porque ela tira o casaco, ficando apenas com uma camiseta fina de malha. Meus olhos caem involuntariamente sobre o contorno do corpo dela, destacado pela blusa justa. Não é como se eu já não tivesse notado que ela é *linda*, é só que, depois daquele beijo, ficou ainda mais difícil tirar os olhos dela.

O segundo filme está rodando na tela e, por mais que eu adore o Harrison Ford, não consigo me concentrar; para ser sincera, nem sei o que está acontecendo. Em contrapartida estou muito atenta a cada mínimo movimento da Becca.

No momento, sua taça está na mesa de apoio e eu termino o último gole da minha e faço o mesmo, colando a minha taça do lado. Tento voltar para o filme, mas como disse, nem sei o que está acontecendo e, agora que não tenho mais nada para segurar, a ideia de segurar a mão dela parece cada vez mais tentadora.

Talvez eu esteja meio bêbada.

Talvez Becca esteja meio bêbada também.

Sinto meu dedinho roçar no dela e não sei dizer se foi por acidente ou não, mas, quando me dou conta, nós duas já estamos entrelaçando os dedos. Becca acaricia minha mão com o polegar e, de repente, é como se nada mais existisse.

Me viro para ela e seus olhos já estão em mim.

Por que toda vez que me viro para ela, paro a uma distância quase inexistente?

Engulo em seco e vejo ela umedecendo os lábios.

Qualquer autocontrole que eu pudesse ter acaba nesse exato momento. E uma fração de segundo depois, nossas bocas já estão coladas uma na outra em um beijo que não tem nada a ver com aquele primeiro.

Dessa vez, minhas mãos deslizam ansiosas pelo corpo dela enquanto as dela estão enterradas no meu cabelo. Sinto sua língua abrindo passagem, experimentando cada canto da minha boca com impaciência e desejo.

Ela desacelera apenas para poder puxar meu lábio inferior de leve com os dentes, fazendo eu sentir uma corrente elétrica por todo o meu corpo. Tenho a impressão de que ela sabe exatamente a sensação que me causou, porque ela sorri contra minha boca. Mas não permito que a gente se separe, e a seguro pelo pescoço e cabelo, bem próxima a mim.

Não sei o que vai acontecer quando a gente se afastar, então faço esse beijo durar o máximo que posso.

Eu quero que dure para sempre. Quero poder beijar ela o tempo todo.

Mas parece que Becca não pensa assim porque ela se afasta de mim de repente.

Abro os olhos a tempo de ver todo o horror cruzar o rosto dela e essa imagem é o suficiente para o arrependimento tomar conta de mim também.

Eu não devia ter feito isso.

De novo.

— Becca...

— O que a gente tá fazendo? — pergunta ela ainda atordoada. — A gente... a gente não pode, Annie.

— Becca... — Tento chamá-la para que a gente possa conversar.

— Eu preciso ir embora!

A culpa é toda minha. Eu decidi que ia contar para ela. Em vez disso, além de não contar, eu a beijei mais uma vez.

— Becca, espera! A gente precisa conversar!

— Annie, não! Não tem nada pra gente conversar — diz ela, sem nem conseguir olhar para mim. — A gente tem que parar com isso!

— Eu sei que parece horrível, mas se você me ouvir...

— Eu não quero conversar, eu só quero esquecer que isso aconteceu. Eu acho melhor a gente... não sei, parar de se ver por um tempo.

— Becca... — Tento pela quarta vez.

Mas não consigo impedi-la de sair correndo pela porta da frente. Ela praticamente foge da minha casa.

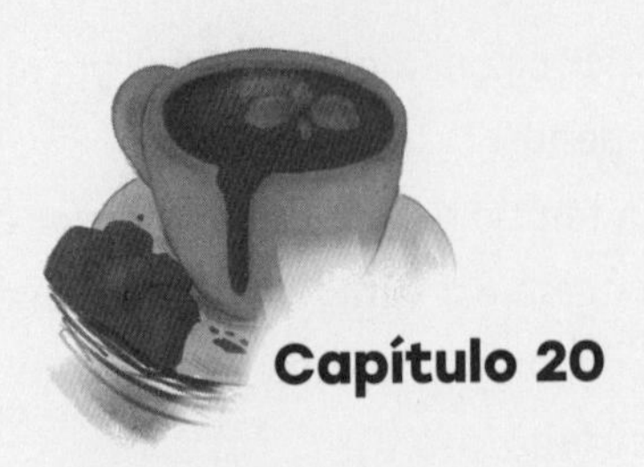

Capítulo 20

— Que merda! — exclamo quando escuto a porta se fechando.

Não acredito que beijei a Becca *de novo*!

Só tem uma coisa que eu posso fazer: conversar com ela e contar a verdade.

Ela vai me odiar, eu sei. Mas, sinceramente, fui eu mesma que me meti nesse buraco. Então sou eu que tenho que resolver.

Sei que não devo esperar nem mais um dia, então pego o casaco e saio pela mesma porta que Becca atravessou correndo minutos antes.

Quando chego ao restaurante, vejo que ela não está lá e Sharon me diz que ela está no apartamento.

— Aconteceu alguma coisa, querida? — pergunta Sharon.

— Não, nada... humm... a Becca esqueceu... um, um negócio lá em casa.

Era de se esperar que fosse mais fácil mentir sobre um beijo do que sobre quase matar uma pessoa, mas acabo de perceber que não.

Sharon me olha meio desconfiada, mas não pressiona. Então subo para o apartamento pela escada interna.

Respiro fundo antes de dar três batidas. Por um segundo, acho que Becca sabe que sou eu e não vai atender, mas de repente, a porta se abre.

— Becca, a gente precisa conversar — falo antes que ela feche na minha cara.

Eu posso ver no rosto dela como ela está confusa. O que me dá um pouco de esperança de que ela esteja assim porque gosta de mim.

Mas a esperança dá lugar à preocupação quando noto o quanto ela está nervosa e tremendo. Eu sei que ela está se sentindo culpada por causa do Marco e me sinto ainda pior por toda a minha mentira.

— Annie... eu... eu acho melhor a gente se afastar!

— Mas eu não quero me afastar — digo com calma, tentando soar mais tranquila do que me sinto de verdade.

Preciso que ela se acalme para eu poder contar tudo. Não gosto de ver ela assim.

Caminho na direção dela, que se afasta como se eu fosse uma planta venenosa, mas esse movimento acaba abrindo passagem para que eu entre no apartamento. E é isso que faço.

Ela fecha a porta e caminha atrás de mim.

— Eu não quero me afastar! — repito com mais firmeza dessa vez.

— Não, não... isso tá errado, Annie! — fala ela caminhando de um lado para o outro. — Eu não deveria ter deixado isso acontecer. *Você* não deveria ter deixado isso acontecer.

— Becca, me escuta... — Tento me aproximar para pegar sua mão na minha.

— Fica longe de mim! — pede ela, dando um passo para trás. — Você é a namorada do meu irmão.

— Nã...

— Do meu irmão que está em *coma*!

— Ele não é meu namora...

— Ele nunca vai me perdoar! — diz ela, levando as mãos à cabeça enquanto praticamente faz um buraco no piso de tanto andar. — Nem o resto da minha família...

— Becca...

— O que eu vou falar para o Marco?

— Becca, me escuta!

— Ele é seu namorado, Annie!

— Não, ele não é! — grito.

— Como?

— Ele não é o meu namorado! — falo com mais calma, para que ela saiba que ouviu certo.

— Quê...? — Ela parece tão confusa que quase vejo pontos de interrogação flutuando ao redor da sua cabeça. — O quê... que você tava fazendo no hospital, então?

Sinto meu corpo todo tremendo e sei que esse é o momento. Então respiro fundo antes de confessar:

— Fui eu que atropelei ele.

— Becca, Annie! — Sharon entra gritando pela porta da frente. — O Marco acordou, temos que ir ao hospital!

— Você atropelou o Marco? — pergunta Becca com a voz apática, como se não pudesse acreditar no que ela mesma está falando.

Vejo a expressão da Sharon mudar na hora que ela se vira para mim. Como se a informação estivesse sendo processada aos poucos.

— O quê? — indaga Sharon.

— Atropelei — confesso para as duas.

A expressão de ambas é de horror e confusão. E apesar da vontade que tenho de sair correndo, devo a verdade a elas, então continuo:

— Foi um acidente e não tive tempo de frear. Eu chamei a ambulância, mas quando levaram o Marco, ele ainda estava inconsciente e eu queria saber como ele estava. Por isso, naquela noite, fui ao hospital para vê-lo, mas a enfermeira disse que só poderia falar para a família, então eu menti e disse que era namorada dele. Eu não queria essa confusão toda, eu só queria ver se ele iria se recuperar, mas quando vocês chegaram a dra. Hunter falou pra vocês que eu era a namorada dele e eu não soube como desmentir. Não queria admitir que eu tinha causado aquilo...

Nenhuma das duas diz nada durante o que parecem horas. Becca me olha de uma forma que nunca tinha visto antes, um misto de traição e raiva estampado em seus olhos. Sharon apenas me encara em choque.

— Vamos? — pergunta Mario, entrando pela porta também. — Aconteceu alguma coisa?

— Não! — responde Becca com certa raiva, sem tirar os olhos de mim. — A gente já tá indo, pai.

— Eu vou pra casa — falo, sabendo que nenhuma das duas me quer perto do Marco.

— Vamos, Becca — diz Sharon, puxando a filha pelo braço. — O seu irmão precisa da gente.

Saio da casa, dando a eles a privacidade que merecem nesse momento.

Capítulo 21

Já faz três dias que Marco acordou e continuo sem ter notícia de nenhum deles.

Eu sei que deveria dar espaço a eles, especialmente a Becca, mas não consigo deixar as coisas assim. Então, assim que saio da biblioteca, vou até o Moretti's.

Não quero atrapalhar ainda mais a vida deles e decido esperar no píer em frente ao restaurante até o fim do horário de funcionamento.

Está bem frio, mas meu nervosismo é tamanho que nem percebo direito o clima. Só sei que está frio porque vejo fumaça saindo da minha boca.

Tento espiar dentro do prédio para ver se encontro o Marco, mas ele não está ali. Com certeza está em casa, mas como as janelas estão fechadas por causa do frio, não consigo ver nada lá em cima também.

Espero por muito tempo, mas por fim minha paciência é recompensada. Não sei dizer se tenho sorte ou azar em ver a Becca saindo sozinha pela porta da frente do restaurante, mas sei que é minha oportunidade.

Normalmente eles sobem para o apartamento pela escada interna, mas ver ela ali assim meio que me tira qualquer chance de arrumar uma desculpa para não tentar.

Não me entenda mal. Eu *quero* falar com ela, é só que estou apavorada ao mesmo tempo.

Mas não tenho a opção de dar para trás, então...

— Becca — chamo assim que me aproximo.

Quando ela se vira, posso ver que está surpresa em me ver, mas logo a surpresa dá lugar à raiva. Não posso a culpar por estar zangada comigo ainda, mas dói mesmo assim.

— A gente precisa conversar — falo.

— A gente não tem nada pra conversar — rebate ela, cruzando os braços. — Você atropelou o meu irmão e ainda por cima mentiu pra família toda.

— É, eu sei...

Ela solta uma risada sarcástica, sem humor.

— Eu achei que você ia ao menos tentar justificar.

Ergo os ombros, sem saber direito como falar com essa nova versão dela. Me acostumei tanto com a Becca doce e carinhosa que simplesmente não sei o que fazer diante da sua versão furiosa.

— Eu não tenho muita justificativa — admito. — Eu não queria que tivesse saído do controle dessa forma.

— Você me fez acreditar que estava traindo o meu irmão que estava em coma, Annie! Você tem noção de como isso é horrível? Eu tava me sentindo a pior pessoa do mundo, quando, na verdade, você só estava tentando me seduzir para que eu te defendesse quando o meu irmão acordasse.

Como é? De onde ela tirou uma maluquice dessas?

— É isso que você acha que aconteceu? — pergunto, confusa de verdade com a linha de raciocínio dela.

— E não foi?

— Claro que não! Eu não queria que nada disso tivesse acontecido.

— Então por que aconteceu?

— Porque eu me apaixonei por você!

Quando vejo, as palavras já saíram sem eu querer.

A expressão de Becca muda, com as sobrancelhas, que estavam juntas, se suavizando e algo que não sei identificar cruzando seus olhos. Como se estivesse surpresa. Como se ela não esperasse ouvir isso.

Mas dura apenas um segundo, antes de ela voltar ao mesmo semblante de antes.

— Eu tenho que ir — encerra Becca. — Eu já disse que não temos nada para conversar.

Eu tento caminhar até ela, mas antes que eu possa falar qualquer coisa, escuto aquela voz nasalada e insuportável atrás de mim.

— Becca! — exclama Brie. — Você tá pronta?

— Tô — fala Becca para Brie, mas sem tirar os olhos de mim.

— Ah, Annie — diz Brie, me notando. — Oi!

— Oi — respondo, olhando para Becca, que ainda parece irritada.

— Eu sinto muito pelo seu pai — comenta Brie.

Deus, não permita que eu chore na frente delas.

— Pelo menos o seu namorado acordou — continua ela. — Seria horrível perder os dois.

Sinto meus olhos começando a arder com a menção ao meu pai e ao acidente de Marco, mas me esforço para segurar tudo dentro de mim.

— Obrigada. — É tudo que consigo elaborar.

— Vamos? — pergunta ela a Becca.

— Vamos.

— Legal te ver, Annie — diz Brie, e não tenho cara de pau o suficiente para responder o mesmo.

Quando me dou conta, já estou sozinha no meio da rua, tremendo de frio, ou talvez seja de raiva ou ainda tristeza. Sei lá, só sei que estou tremendo e com o coração partido.

***

Na quarta-feira de manhã, já estou quase saindo de casa para ir ao trabalho quando o telefone toca.

Até penso em ignorar e deixar cair na secretária eletrônica, mas, no último segundo, resolvo atender.

— Alô?

— Senhorita Fisher? — pergunta a voz masculina do outro lado da linha.

— Sou eu.

— Meu nome é Ryan, é sobre a apólice de seguro em nome de Andrew Fisher.

— É o meu pai.

Sinto meu coração se apertando igual a todas as vezes em que lembro que ele se foi.

— Estou ligando para avisar que a indenização foi depositada hoje em sua conta e, em até quarenta e oito horas, estará disponível para uso.

— Obrigada — respondo.

Para ser sincera, eu já tinha esquecido completamente disso. Eu não quero esse dinheiro. Não quero que ele me lembre o tempo todo que eu perdi tudo que eu tinha.

Mas, assim que coloco o telefone no gancho, me surge uma ideia.

Esse dinheiro pode até não trazer meu pai de volta, mas talvez ele possa reparar um estrago. Um estrago causado por mim.

Então, na segunda-feira, data em que o dinheiro já está disponível, pego meu talão de cheque, que está na gaveta sem uso há meses e vou direto ao hospital.

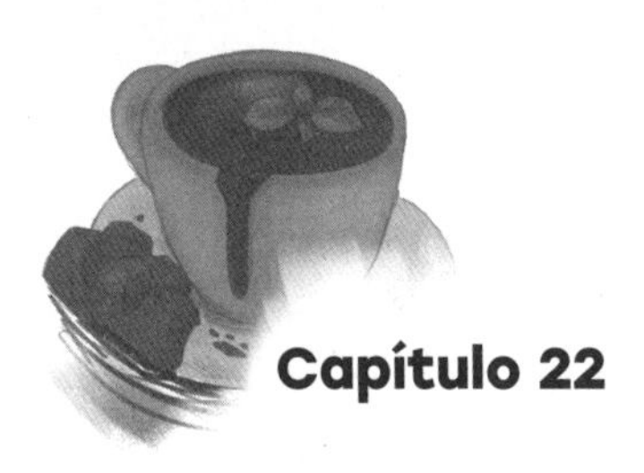

Capítulo 22

— É claro que a família dele tá com nojo! — diz Pete. — Eu também estaria.

— Eu tenho pena dele — fala Christie. — Todo esse tempo que ele teve que ficar naquela cama enquanto todo mundo tava vivendo a vida parece tão triste.

— É uma metáfora, Pete — pondera Mary.

— Ele vira uma barata, Mary! Uma *barata*! — aponta Pete, não escondendo a cara de nojo. — Esse Kafka aí não batia bem, se você quer saber.

Essa semana estamos lendo *A metamorfose*, de Franz Kafka, para o clube do livro e, para ser sincera, acho que vai ser a primeira reunião que a Mary não vai conseguir convencer o Pete a gostar de um livro.

Não que o culpe; é mesmo uma leitura meio estranha.

— Bom, pra ser justa, ele nunca disse que virou uma barata, poderia ser algum outro inseto — fala Mary, sem surtir muito efeito na expressão de Pete.

***

— Esse livro é nojento — proclama Pete. — Nojento!

— Eu acho que o livro é, assim, uma alegoria para a invalidez — argumenta Christie, pegando todos de surpresa. — Ele mostra como as pessoas deixam de ser consideradas pelos outros quando elas não são mais "úteis" para a sociedade.

O silêncio toma conta, então incentivo Christie:

— Continue, meu bem.

— Não sei, mas acho que a Mary tá certa, é uma metáfora — prossegue Christie, meio acanhada. — Quando o Gregor Samsa vira um inseto, primeiro a sua família fica preocupada, a irmã tem pena e quer ajudar, mas depois eles se cansam daquela situação e não querem ter que aguentar mais aquele "peso". O mesmo acontece o tempo todo com pessoas que sofrem acidentes ou têm alguma doença física ou mental que as impossibilitam de trabalhar ou fazer coisas que consideramos úteis. Enfim...

Eu juro que vejo o queixo de todos na sala caírem um pouco.

— Foi uma ótima interpretação, querida — fala Mary com um sorriso para Christie, que parece ficar tímida com o elogio.

— Humm... foi uma boa analogia — concorda Pete, no seu tom meio confuso de sempre. — Pensando assim, acho que é um bom livro mesmo.

Eve e eu trocamos um sorriso.

Ponto para Christie.

— Bom, pessoal — fala Eve. — Hoje, o nosso encontro fica por aqui. Pra semana que vem, vamos começar *O retrato de Dorian Gray*.

***

Quando todos vão embora, Eve e eu caminhamos juntas até o Nook. Hoje não estou com pressa para ir embora; não quero ficar sozinha em casa com meus pensamentos.

Pedimos nossas bebidas de sempre e esperamos em silêncio.

— Por conta da casa — anuncia Raj, me entregando o chocolate quente com menta.

— Obrigada.

Então entrega o cappuccino da Eve.

Como a biblioteca já está bem vazia nesse horário, Raj se apoia sobre o balcão para conversar com a gente.

— E você não teve mais notícias da Becca? — pergunta ele.

Apenas balanço a cabeça em negação.

— Você tem que dar um tempo pra ela — diz Eve. — Você fez, né, uma cagada colossal.

— Eve! — repreende Raj.

— Eu quis dizer que foi uma confusão enorme, não tô acusando ela — responde Eve, erguendo as mãos em defesa.

Solto uma risada apesar de tudo.

— Tá tudo bem — digo. — Eu fiz mesmo uma cagada colossal.

— Annie? — Escuto uma voz masculina atrás de mim que não reconheço, mas a expressão de Raj, olhando sobre meu ombro esquerdo, meio que é a pista que eu preciso.

Me viro a tempo de dar de cara com o único Moretti que nunca falei de verdade.

— Marco?

Sharon e Nonna Rosa estão a seu lado, mas nenhuma das duas parece querer me matar ou coisa assim.

Ele parece um pouco abatido, mas sem dúvida está bem melhor que estava no hospital. Ele anda sozinho, mas noto que Sharon fica bem próxima dele para alguma eventualidade.

— Oi, querida — cumprimenta Sharon com aquele sorriso materno acolhedor ao qual já tinha me acostumado.

Fico tão chocada com a presença deles ali que nem ao menos consigo responder Sharon. Apenas espero em silêncio, tentando entender o que está acontecendo.

— Posso falar com você? — pergunta Marco.

Ele tem a voz grave e firme, muito diferente do que eu havia imaginado. Ainda mais depois do acidente.

— Claro, claro! — falo. — Humm, Eve, posso...

— Usa a sala de estudos no segundo andar — diz ela.

— Obrigada — falo para ela, então me viro para Marco. — Vamos pelo elevador.

Eu nunca uso o elevador, mas acho melhor não exigir muito esforço dele ainda. Escuto ele agradecer Eve, e me viro a tempo de vê-la abrir um sorrisinho tímido de lado.

Antes de entrar no elevador, vejo Nonna Rosa e Sharon atacando Eve com várias perguntas e sorrio sozinha.

— Entra — indico, abrindo a porta da sala de estudos para ele.

Marco leva um pouco mais de tempo que o normal para se sentar, mas, fora isso, ele parece bem.

Me sento de frente para ele, sem saber o que fazer com as mãos nem o que dizer.

Por sorte, é ele que fala:

— Becca me contou o que aconteceu.

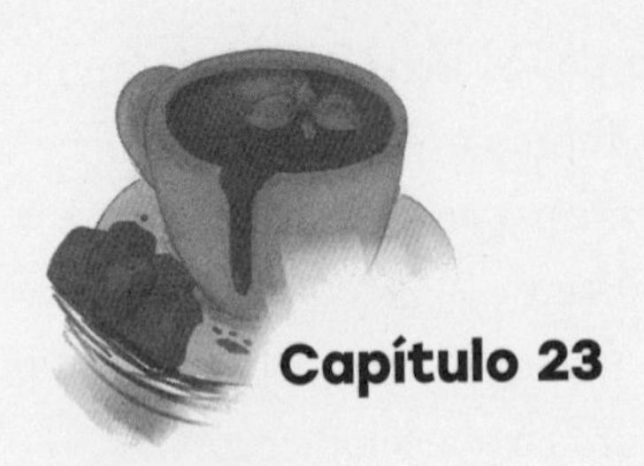

Capítulo 23

Sinto o corpo gelar com esse comentário.

Não sei direito o que ele sabe sobre o acidente e a mentira, mas concluo que, para ele vir tirar satisfação, não deve ter gostado.

— Marco... — tento falar, mas ele me corta.

— Ela me contou sobre vocês, quero dizer — esclarece ele. — Sobre o beijo. Quer dizer, *beijos*, pelo que eu entendi.

— Você não veio... não veio tirar satisfação sobre o acidente? — gaguejo, confusa.

— Não — diz ele de maneira calma.

— Mas, tipo, você sabe que fui eu, né? Eu que te atropelei...

Ele solta uma risadinha de leve que faz meu corpo relaxar um pouco.

— Sei — responde ele. — Eu escutei.

— Escutou o quê?

— Tudo, eu acho — explica ele, mas ainda não entendo do que ele tá falando. — Escutei tudo o que aconteceu no quarto quando eu estava em coma. Você fala pra caramba, né?

Apesar de todo o nervosismo, não consigo evitar soltar uma risada.

— Desculpa por isso.

— Não precisa se desculpar, eu gostava — fala ele, e abre um sorriso gentil. — Era meio tedioso quando você ou a minha família não estavam lá. E por mais que eu ame a Nonna Rosa, às vezes ela ficava meio deprimida, aí não era tão legal. Então gostava de quando você me contava o que aconteceu na semana ou ficava tagarelando sobre algum livro. Era como, sei lá, assistir à TV ou coisa assim.

Agora consigo ver todas as semelhanças entre ele e a Becca que achava que não existiam.

Eles têm o mesmo jeito de falar, a mesma cadência calma e tranquila que me acostumei a ouvir dela. Marco tem também o mesmo sorriso caloroso e olhar gentil da irmã.

É estranho, porque eles não são nem um pouco parecidos, mas há algo muito semelhante mesmo assim. Acho que são os trejeitos.

— Eu sinto muito que você tenha passado por isso, Marco — afirmo com toda a sinceridade que consigo exprimir nessa frase.

— A culpa não foi sua — diz ele. — Eu não olhei antes de atravessar. Eu tava tão preocupado com aquela apresentação que nem tirei os olhos do livro antes de pisar na estrada.

Sinto meus olhos se umedecendo. Já perdi as contas de quantas vezes havia chorado nas últimas semanas, mas dessa vez é diferente. Esse choro é uma mistura de alívio com felicidade.

Ele me oferece um sorriso solidário e coloca a mão sobre a minha, na mesa que nos separa.

— Eu sei que foi você — conta ele.

— Eu o quê?

— Que pagou as minhas despesas.

— Como você sabe?

— Porque não foi ninguém da minha família, então só sobrou você. A minha mãe me falou sobre o seu pai e sobre a indenização... você não precisava ter usado esse dinheiro comigo.

— É claro que precisava.

Encolho os ombros porque não quero que ele agradeça ou coisa assim. Sinto que fiz apenas minha obrigação em relação a isso.

— Eu sinto muito por ele e por você — diz ele.

— Obrigada! Eu fico feliz de ter dado um bom destino para aquele dinheiro.

De todos os cenários que havia imaginado com ele acordando do coma, essa conversa foi algo que *jamais* passou pela minha cabeça. Como que essa pessoa calma e gentil pode ser o mesmo garoto tímido e introvertido que eu via quase todas as semanas com a cara enfiada dentro de um livro?

— Obrigado por não ter me abandonado naquela estrada — fala ele, mais sério dessa vez.

Não sei como responder, então não falo nada, apenas aceno com a cabeça.

— Foi um mês confuso — continua ele —, mas eu percebi muitas coisas que preciso mudar na minha vida. Então acho que posso tirar o aprendizado, pelo menos.

— Dá próxima vez que precisar de alguma mudança radical na vida, me avisa.

Acho que talvez seja meio cedo para fazer piadas, mas quando fico nervosa, sempre falo besteira. Ainda assim, Marco solta uma risada.

— Agora sobre o nosso status... — começa ele. — Você foi a melhor namorada falsa que eu já tive, mas acho que é melhor a gente terminar.

— Você tá terminando comigo? — pergunto, fingindo choque.

— Não é você, sou eu — brinca ele, e solto uma risada. — E cá entre nós, acho que você seria uma cunhada muito melhor que do que namorada falsa.

A menção à Becca faz eu me remexer na cadeira e me sinto meio tímida de repente.

— Pra ser sincera, eu adoraria, mas acho que a Becca não está tão interessada assim em fazer com que eu seja sua cunhada.

— Ela vai te perdoar — diz ele. — Ela tem o mesmo coração mole da minha mãe.

— Eu menti para ela — lembro, tentando não ceder às falsas esperanças. — Fiz ela achar que havia traído você.

— Isso é verdade. Nesse ponto, você mandou muito mal, mas acho que ela já notou que você é um pouco destrambelhada.

— Ei! Eu não sou destrambelhada!

— O que eu quero dizer, é que acho que ela gosta de você assim, desse jeito mesmo.

Estreito as sobrancelhas com o comentário.

— Acho que se eu vasculhar bem, talvez encontre um elogio aí em algum lugar.

Marco apenas sorri. Eu continuo:

— Eu não tenho nem cara para olhar para sua família.

— Ah, eles já estão de boa — responde Marco. — Quando falei pra minha mãe que a culpa não foi sua e que você ia me visitar quase todos os dias, ela te perdoou. Até porque acho que ela notou que você estava, sei lá, mal com essa situação. E pra ser sincero, acho que ela tá louca pra te ter como nora de novo.

Não consigo evitar um sorriso; Sharon é mesmo uma mulher especial. Mas ainda me sinto desconfortável em falar de Becca com o Marco, pelo menos com ele acordado, então inverto o jogo:

— Aposto que ela iria gostar de Eve como nora também — falo, com um sorriso sabichão.

Pela primeira vez, vejo um vislumbre do Marco que eu conhecia: tímido e nervoso. Suas bochechas coram e ele desvia o olhar.

— Parece que toquei num tópico sensível — brinco.

— Eu ouvi a conversa de vocês aquele dia também — diz ele. — Na primeira vez que ela esteve lá.

— Ótimo, então você sabe que ela também gosta de você.

— Eu queria chamar ela pra sair há um tempão, mas sempre arrumava uma desculpa para dar pra trás — explica ele.

— E agora?

— Como eu disse, o acidente me fez ver algumas coisas sob uma perspectiva diferente e perceber que estava desperdiçando a minha vida.

— Ela tá ali embaixo agora mesmo — falo para ele com um sorriso.

— Vamos fazer um acordo — propõe ele. — Eu chamo a Eve para sair e você vai falar com a minha irmã.

Só de pensar em falar com ela, já fico nervosa, mas sei que tenho que tentar pelo menos mais uma vez.

Então respiro fundo antes de responder:

— Fechado!

Capítulo 24

Dois dias depois da conversa com Marco, tenho a oportunidade perfeita.

Sinto como se eu pudesse desmaiar ou ter um ataque nervoso a qualquer momento; qualquer um dos dois seria plausível e nada surpreendente. Mas, em vez disso, apenas toco a campainha da casa dos Moretti.

Como hoje é celebrado o Dia da Lembrança em comemoração ao acordo do armistício da Primeira Guerra Mundial, quase nada na cidade está aberto, inclusive a biblioteca. Então aproveito para cumprir minha parte do acordo com o Marco, já que ele chamou Eve para sair naquele mesmo dia.

Juro que nunca a vi tão feliz como depois desse convite. Eu costumava achar que ela merecia coisa melhor, mas confesso que agora torço muito para que dê certo.

Sou trazida de volta à realidade quando vejo a maçaneta da porta dos Morreti sendo virada.

Sinto que meu coração vai pular para fora da boca e, em poucos segundos, me deparo com *ela*.

Deus, como ela está linda!

Ela está de camiseta e short e tem o cabelo preso em um coque, e ainda assim é a garota mais linda que eu já vi.

— A gente precisa conversar — falo pela octogésima segunda vez ou algo parecido.

Ela não responde nada, apenas me encara séria, então continuo:

— Por favor!

Becca me estuda por alguns segundos, mas abre espaço para eu passar.

— Entra.

Quando entro, vejo que a sala está cheia: Sharon e Mario, Nonna Rosa e Nonno Pepe, Marco, Gigio e sua família.

Deus!

Olho para todos um pouco sem jeito, mas vejo Marco e Sharon me incentivarem com um sorriso.

— A gente pode conversar lá dentro — avisa Becca, sem parecer particularmente animada em falar comigo.

— Não precisa — digo. — Eu quero pedir desculpas pra todos vocês, na verdade.

Becca franze o nariz de leve, parecendo surpresa, mas não fala nada.

Me viro para todos na sala e penso naqueles pesadelos que as pessoas têm em que estão peladas na frente de uma multidão. Acho que estou vivenciando essa exata sensação, mesmo estando vestida.

Será que ainda dá tempo de mudar de ideia e conversar com a Becca lá dentro?

Nonna Rosa balança a cabeça, me incentivando a continuar. Limpo a garganta.

— Eu devo um pedido de desculpa a todos vocês — começo. — Eu nunca tive a intenção de que a mentira sobre eu ser namorada do Marco chegasse a vocês e não pensei muito na hora, porque eu precisava saber se ele estava bem. Mas, depois disso, eu sei que a culpa é minha de não ter contado a verdade.

"Eu queria contar, eu juro! Porque vocês todos mereciam saber, porém, quanto mais eu convivia com cada um, mais eu me apaixonava por essa família e mais difícil se tornava admitir que, na verdade, eu não fazia parte dela, e ainda por cima era a responsável pela tristeza que vocês carregavam. Mas eu tinha esquecido, sabe?

"Tinha esquecido como era ter uma família. Como era essa sensação de pertencimento. Porque, mesmo enquanto eu tinha o meu pai, eu não o tinha de verdade.

"Mas vocês me fizeram relembrar como era, me fizeram me lembrar como era se sentir acolhida e amada, e como era bom poder compartilhar as alegrias e as tristezas. Me fizeram relembrar como era *fazer parte*. E eu não queria deixar de fazer.

"Eu não tava esperando me apegar tanto, só que, mais do que qualquer coisa, eu não tava esperando *me apaixonar*!"

Vejo Nonna Rosa levar as duas mãos ao peito e Sharon soltar uma interjeição. Demoro um segundo inteiro para entender que são gestos de aprovação e emoção, não de horror.

Marco levanta os dois polegares para mim como forma de incentivo, mas estou tão nervosa que nem consigo responder. Então me viro para Becca.

A princípio, ela parece inexpressiva, mas logo noto que, na verdade, está surpresa.

— Mentir sobre o meu namoro com Marco foi difícil — continuo —, mas ter que fingir que eu não estava me apaixonando por você foi a pior parte. E a realidade é que não consegui disfarçar nem por um segundo sequer.

— Pra ser sincera, eu desconfiei — comenta Jenny, interrompendo meu monólogo.

Me viro surpresa para ela.

— E você não me disse nada? — pergunta Gigio à esposa.

— Eu não queria acusar a Annie de estar prestes a trair o Marco — justifica Jenny. — Mas eu achei mesmo que ela combinava mais com a Becca.

— Bom, eu também sabia — conta Marco a todos. — Porque a Annie não parava de falar da Becca quando ia me visitar.

— Ah! Que amor — diz Sharon, com as mãos no coração.

— Agora que você falou, Jenny, acho que estava na cara mesmo — fala Nonna Rosa de maneira pensativa. — Elas viviam grudadas.

— Eu desconfiei da Becca — compartilha Sharon. — Ela nunca foi tão prestativa assim com ninguém.

— Isso é verdade! — concorda Mario.

— Ei! — Becca repreende os dois. — Vocês tão do lado de quem?

Sharon e Mario apenas erguem os ombros.

— Mas a Becca ainda não confirmou se sente o mesmo pela Annie — pondera Nonno Pepe com perspicácia.

Todos os pares de olhos na sala se viram para Becca, esperando uma resposta.

Meu coração martela no peito enquanto encaro aqueles olhos lindos e enigmáticos.

— Eu... eu... — gagueja ela. — Eu não acho que possa confiar em você depois de tudo.

Não sei se é o som do meu coração se partindo ou de todos os Moretti soltando um suspiro frustrado, só sei que sinto todas as minhas esperanças se despedaçarem.

Eu quero gritar para ela me dar uma chance, me deixar provar que ela pode, sim, confiar em mim, mas não sei se tenho moral para tanto. Então, pela primeira vez nesse tempo todo, decido colocar os interesses dela na frente dos meus e, por mais que doa no meu peito, respeito sua vontade.

— Eu não culpo você por isso — falo resignada.

Então apenas lanço um último olhar para todos antes de sair. Quando fecho a porta, escuto várias vozes se pronunciando dentro do apartamento, mas não fico para ouvir.

Desço a escada sem pressa alguma e chego ao píer na frente do restaurante.

O píer, assim como o resto da cidade, está vazio e parado. O Dia da Lembrança costuma ser um feriado bem calmo por aqui, e hoje não é diferente.

Aproveito o silêncio e a solidão para caminhar pelo píer.

Sinto o vento frio vindo do mar cortar meu rosto, mas não dou bola.

— Annie! — Escuto a voz de Becca.

Quando me viro, vejo ela correndo até mim.

— Você não deveria ter mentido — fala Becca, meio ofegante quando se aproxima.

Acho estranho ela correr até aqui só para falar isso de novo, mas concordo:

— Não mesmo.

— E com certeza não deveria ter me beijado enquanto eu achava que você era a minha cunhada.

— Acho que não... — digo meio reticente, porque, para ser sincera, acho que nunca me arrependeria de ter beijado ela.

— Mas eu também não esperava me apaixonar... — confessa ela rapidamente.

Espera, o quê?

Ela ainda está um pouco ofegante por ter corrido até aqui, mas tem um sorriso no rosto. Nesse momento, não consigo pensar em mais nada que não seja ela vindo até mim.

— Eu também me apaixonei por você — repete de forma mais clara, já bem próxima a mim.

Dessa vez, sei que não tem nenhum empecilho, então não penso duas vezes antes de passar os braços pela sua cintura e a beijar.

Diferente de todos os outros, esse é um beijo sem culpa.

Quem disse que "escondido é mais gostoso" não sabia o que falava, porque *nada* é melhor do que poder beijar Becca sem ressalvas.

Ela me beija com calma, diferente do último beijo que compartilhamos, e sinto que poderia morar nesse momento. Morar no abraço e no beijo dela.

Ainda estou hipnotizada pela presença dela quando escuto aplausos e assobios, então sinto ela sorrir contra meus lábios antes de se afastar. Dessa vez, quando o beijo acaba, não me sinto triste, porque sei que virão outros.

Então também me afasto e nos virarmos na direção do som, dando de cara com toda a família Moretti na sacada, olhando para a gente.

Mario empunha a filmadora que vi na sala de TV e registra tudo, enquanto Nonna Rosa enxuga uma lágrima e Gigio assobia usando as duas mãos.

Becca e eu nos entreolhamos e soltamos uma gargalhada da situação. Ela se volta para mim mais uma vez, agora com uma expressão bem mais feliz.

— Você promete que nunca mais vai me esconder nad...

— Prometo! — respondo antes mesmo de ela completar a frase.

— E promete que não vai mais atropelar ninguém da minha família?

— Aí eu já não posso prometer nada — brinco.

Ela revira os olhos enquanto encurta a distância que nos separa para mais um beijo.

Epílogo

No Natal deste ano, tenho tantas coisas para agradecer que mal sei por onde começar.

Tenho uma namorada, uma família que me acolheu, minha melhor amiga como cunhada, um emprego de que eu gosto... mas não vou mentir: de tudo, o que eu mais agradeço é mesmo a namorada.

O que eu posso fazer? Ela *é* a melhor coisa que aconteceu esse ano! E os últimos dois meses foram maravilhosos.

Os Moretti me convidaram para passar a ceia com eles, e esse vai ser meu primeiro Natal tradicional desde que minha mãe morreu. Falando nela, espero que, onde quer que ela esteja, meu pai tenha a encontrado e que eles possam estar juntos.

Pensar dessa forma me conforta e ajuda um pouco com a saudade que sinto dos dois.

Mas, como disse, os Moretti me convidaram para passar a ceia de Natal com eles e, nesse momento, estamos todos na sala. Lá fora, cai uma nevasca intensa enquanto aqui dentro o calor da calefação e das pessoas nos mantém bem aquecidos e felizes.

— Ei! Esse era meu! — reclama Becca quando Marco come o último cookie da leva recém-tirada do forno.

— Quem disse? — rebate ele com a boca cheia.

— Você é um ladrão! — acusa Becca. — Era dois para cada um e você comeu três!

— Pelo menos eu não roubei a sua namorada — brinca Marco.

— Ela não era a sua namorada de verdade.

— Mas você não sabia disso!

— Ele tem razão, amor — falo para Becca, dando um beijinho na sua bochecha.

— De que lado você está? — pergunta ofendida, mas vejo ela sorrindo.

— Do seu, é claro!

— Sei.

— Já vai sair mais uma rodada — avisa Nonna Rosa. — Já estão no forno.

— De que adianta? O Marco vai comer tudo de novo.

— Que tal a gente abrir esses presentes? — sugere Marco, tentando mudar de assunto.

— Ótima ideia — apoia Nonno Pepe.

Sharon é a primeira a caminhar até a árvore e tirar uma pequena caixa embalada com papel de presente com temática natalina.

— Esse é pra você, Annie — fala Sharon, entregando-a para mim.

Recebo o presente com um sorriso e desembrulho com cuidado. Dentro, encontro uma correntinha dourada com um pingente delicado em forma de livro aberto.

Alargo ainda mais o sorriso antes de me levantar para abraçar minha sogra.

— Obrigada, Sharon! — agradeço. — Eu amei!

Quando nos separamos, ela pega um envelope debaixo da árvore.

— E esse é pra você, Becca — diz Sharon à filha.

Becca pende a cabeça para o lado, acho que surpresa por seu presente ser um envelope, mas assim que abre, ela arregala os olhos.

— Vocês tão zoando? — pergunta ela.

Eu apenas sorrio, porque sei exatamente o que é, já que ajudei Sharon e Mario com a pesquisa.

— Esperamos que você goste — diz Mario à filha.

— Eu... eu amei! — exclama ela e abraça os pais.

Dentro do envelope, tem as passagens de ida e volta para ela passar três meses estudando gastronomia em Roma.

— Como vocês sabiam? — indaga ela.

Percebo que minha namorada ainda parece em choque, então me aproximo e dou mais um beijinho na sua bochecha. Ela fica tão fofinha assim, meio atordoada.

— Primeiro que você estava pesquisando passagem no computador do restaurante — explica Mario. — Então, não foi tão difícil.

— E eu perguntei pra Annie se ela achava que você iria gostar — confessa Sharon. — E ela ajudou a procurar.

— Você sabia? — pergunta Becca com um sorriso.

Eu apenas faço que sim com a cabeça e recebo um beijo de agradecimento. Sinceramente, a felicidade dela é meu melhor presente esse ano.

Os outros membros da família continuam trocando presentes, mas, nesse momento, só consigo prestar atenção na minha namorada.

— Eu não acredito que você ajudou — comenta ela.

— Você queria muito ir e eu sabia que não iria falar pra eles tão cedo.

— Você é a melhor — afirma ela.

— Eu... eu... tenho um mês de férias para tirar — falo, me sentindo um pouco tímida de repente.

Becca inclina a cabeça, mas abre um sorriso.

— Você quer ir comigo?

— Sobrou dinheiro da indenização do meu pai e, bom, eu nunca estive na Europa...

— Annie! Vai ser, sei lá, incrível!

A alegria dela é tão contagiante que não consigo evitar sorrir também.

— Mas eu só tenho um mês.

— Tudo bem — diz ela. — A gente aproveita esse mês juntas e os outros dois a gente se fala por e-mail ou coisa assim.

— Você tem certeza de que quer que eu vá? — pergunto. — Não quero, tipo, me meter nos seus sonhos e estragar tudo.

— *Você* é o meu sonho!

Tudo que consigo fazer é sorrir e puxar ela para mais um beijo.

Não importa quantas vezes eu a beije, sempre é como a primeira vez.

Até hoje me belisco pela manhã para ter certeza de que eu estou mesmo namorando a Becca, porque todas as vezes que penso em como a gente se conheceu, eu percebo que minha mentira tinha tudo para dar errado.

Mas a vida é mesmo engraçada e, às vezes, são das situações mais improváveis que surgem as melhores histórias.

— Isso foi meio cafona, amor — falo para ela. — Mas eu te amo mesmo assim!

Ela solta uma risada, antes de responder:

— Eu também te amo!

Fim

Este livro foi composto nas fontes Stolzl e Skolar
pela Editora Nacional em agosto de 2024.
Impressão e acabamento pela Gráfica Impress.